El partido del año

Frauke Nahrgang

Ilustración
Betina Gotzen-Beek

Traducción
Frank Schleper

EDELVIVES

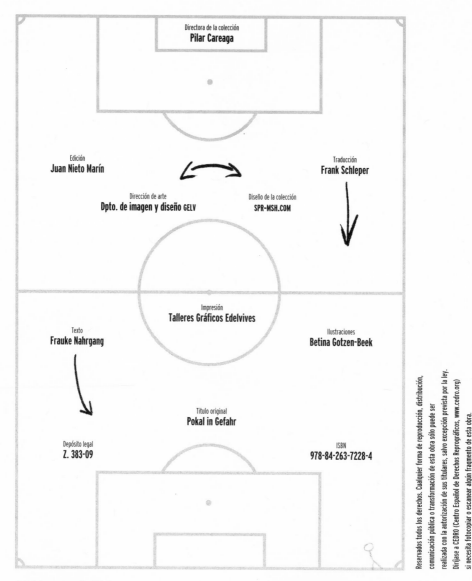

Directora de la colección
Pilar Careaga

Edición
Juan Nieto Marín

Traducción
Frank Schleper

Dirección de arte
Dpto. de imagen y diseño GELV

Diseño de la colección
SPR-MSH.COM

Impresión
Talleres Gráficos Edelvives

Texto
Frauke Nahrgang

Ilustraciones
Betina Gotzen-Beek

Título original
Pokal in Gefahr

Depósito legal
Z. 383-09

ISBN
978-84-263-7228-4

© Bertelsmann Jugendbuch Verlag,
división del grupo editorial Random House GmbH,
München, Germany, 2007
Negociado a través de Ute Körner Literary Agent, S. L., Barcelona

© De esta edición: Editorial Luis Vives, 2009
Carretera de Madrid, km. 315,700
50012 Zaragoza
teléfono: 913 344 883
www.edelvives.es

 Talleres Gráficos Edelvives (50012 Zaragoza)
Certificados ISO 9001
Printed in Spain

Los Lobos

Niko

Catrina

Frank

Mehmet

Peter

Jugadores más importantes

Catrina	Lobos: defensa	5º colegio Bosel
Frank	Lobos: delantero	5º col. Campo de los Espíritus
Mark	Tigres: defensa	5º col. Campo de los Espíritus
Mehmet	Lobos: portero	5º col. Campo de los Espíritus
Niko	Lobos: capitán	5º col. Campo de los Espíritus
Olli	Lobos: delantero	5º colegio Morsen
Orhan	Lobos: benjamín	3º col. Campo de los Espíritus
Peter	Lobos: defensa	5º col. Campo de los Espíritus
Ralf	Tigres: portero	5º colegio Morsen
Serkan	Lobos: delantero	5º col. Campo de los Espíritus

Un tío raro

01

Llega el pase a media altura. Frank estira la pierna, colocando su cuerpo en posición horizontal, y golpea el balón con el empeine. ¡Perfecto! El meta salta, pero es inútil. El esférico le roza las puntas de los dedos y entra por la escuadra.

¡Gol! Los Lobos van ganando 8 a 0. Claro, hace tiempo que el partido está decidido. Pero marcar un gol de esta manera, con una chilena lateral perfecta, es siempre algo especial.

Antes de que los compañeros salten sobre él, Frank mira rápidamente hacia el público. El abuelo le felicita con el pulgar en alto. Orhan, el hermano pequeño del portero, levanta los puños y chilla como un loco. ¿Y los demás? ¿Qué pasa con Rebeca? ¡No puede ser! Frank acaba de marcar el gol del año y ella ni siquiera se ha enterado porque está hablando con Hendrik, uno de los Lobos que hoy chupa banquillo. ¡Lástima!

¿Puede repetirse la jugada a cámara lenta, en un montón de ángulos diferentes? De momento no, todo eso será posible más adelante, una vez que Frank haya fichado con el HSV de Hamburgo. Aquí, en Allberg, en un partido de los benjamines, los espectadores no pueden esperar tanto. Aquí lo que hay que hacer es prestar atención.

Los compañeros de equipo de Frank sí que han estado atentos. Alegres y dando gritos, saltan sobre él.

—¡Golazo, tío!

—¡Increíble!

—¡Estupendo!

Cuando los del Allberg ya están preparados para el saque, Catrina avisa a sus compañeros.

—Sigamos —los anima—. Y no vayamos a despistarnos, por favor.

La jefa de la defensa de los Lobos toma cualquier gol en su portería como un insulto personal. Sólo está contenta si el marcador pone cero.

Frank vuelve a su campo. Una vez más mira hacia el público. Rebeca sigue hablando con Hendrik. No, al revés. Él habla y ella escucha. ¿Qué? Debe de ser algo muy interesante para que la cotorra de Rebeca esté callada.

—¡Eh, Frank! ¿Estás dormido?

El Allberg ya ha sacado y el número tres acaba de pasar por delante de él. ¡Hay que actuar! Frank lo persigue, lo alcanza y le quita el balón sin problemas antes de que los defensas de los Lobos tengan que actuar.

Lanza el balón a Niko, en un pase largo. Y éste centra a Olli. Pero llega medio paso tarde, y no puede rematar bien. El portero saca el balón fuera. Córner.

—¡Árbitro! ¡Cambio! —avisa Norbert, el entrenador de los Lobos.

Le hace una señal a Olli, y éste, despacio como siempre, se acerca a la banda. Pero aun así, todo ha pasado demasiado deprisa para Hendrik, que está muy entretenido, hablando, y no se entera de nada. Y eso que debería estar atento aunque el partido esté decidido. El Allberg ha perdido. Éste es el momento en el que suele jugar Hendrik, cuando ya no puede estropear nada.

—¡Hendrik! —dice Norbert y le da un empujón.

Asustado, el sustituto de Olli se levanta.

—¿Le pasa algo? —pregunta Niko en voz baja.

Frank se encoge de hombros. En realidad, parece que siempre le pasa algo.

—Será que prefiere charlar con Rebeca —responde.

Niko sonríe.

—¿Rebeca y Hendrik, eh? ¿Por qué no? Dos cerebritos.

—Tonterías —gruñe Frank, y se da la vuelta para meterse en el área pequeña.

Aunque no está muy concentrado, Peter saca un córner estupendo, pero Frank no salta lo suficiente. ¿Dos cerebritos? ¿Será verdad? Rebeca sí que es una lumbreras. Frank lo sabe muy bien. En el colegio se sienta a su lado. Y por eso siempre tiene que aguantar sus sermones.

Pero ¿qué pasa con Hendrik? No va al mismo colegio. En realidad, Frank no sabe nada de él. Es majo, pero un poco soso. En fin, ¿qué más da? Rebeca puede hablar con quien le dé la gana. Y si hoy le apetece charlar con Hendrik, pues que lo haga.

Los Lobos atacan de nuevo. Catrina pasa a Eddy, Eddy a Serkan. Cambio de banda. Frank recibe el balón. Lo baja al suelo. Mira. Se acerca un defensa. Ningún problema. Le hace el túnel y sigue adelante. Mira de nuevo. Sólo Hendrik está libre. ¿Por qué no? Con este marcador, uno se lo puede permitir. Frank pasa el cuero a Hendrik. Éste se pone nervioso, como siempre. Se mueve de un lado a otro, hasta que llega un defensa y despeja. Por fin el árbitro tiene compasión y pita el final del partido.

Norbert está de buen humor y no repara en el fallo de Hendrik.

—Chicos, esta victoria viene en el momento justo —dice contento, frotándose las manos.

Peter sonríe.

—Según Norbert, todas las victorias vienen en el momento justo —susurra.

Frank se ríe.

—Tiene toda la razón. Lo importante es que la victoria sea nuestra.

Una vez en el vestuario, como buen capitán que es, Niko inaugura la celebración. Se sube a un banco y grita:

—¿Quién va a ganar la Liga profesional?

—¡Los Lobos! —responden a coro los miembros del equipo.

Menuda exageración. Ellos no van a ganar la Liga profesional de fútbol. Ni siquiera la Liga regional de los benjamines. Pero hoy no importa. Después de una victoria contundente, da igual. Los Lobos están deseando que empiece ya la próxima temporada. Después del verano, serán alevines, y lo van a dar todo desde el principio. Pero, ¿por qué mirar tan lejos? En esta temporada, todavía les esperan dos fechas superimportantes. Todos los Lobos están muy motivados. Por un lado, el derbi local contra sus archienemigos, los Tigres. Y antes, incluso, este mismo miércoles, la final de la Copa contra el Kappeln. ¡Un buen motivo para animar a los amigos!

Frank se sube al banco junto a Niko y pega un grito:

—¿Y quién va ganar la Copa?

—¡Los Lobos!

—¡Eso es!

—¿Quién si no?

—¡Yo, no!

Todas las cabezas se giran. ¡Serkan! Tiene el aspecto de un balón pinchado.

—¿Por qué tú no?

—Porque no voy a ganar ninguna Copa.

—¿Qué?

Los Lobos lo miran desconcertados.

—¿Qué quieres decir?

—Explícate.

—Porque el miércoles no voy a jugar —exclama Serkan—. Voy a estar de viaje de fin de curso.

¡Es cierto! Su clase se va de viaje la próxima semana. ¡Pobrecillos!

—¡Vuestra profe está loca! —dice Niko enfadado—. ¡Irse de viaje! ¡La semana de la final!

—¿Por qué no os vais cuando termine la temporada? —pregunta Peter.

—Porque empiezan las vacaciones —responde Catrina.

—Pues por eso —dice Mehmet, el portero—. En vacaciones tendréis más tiempo.

—¿A los profes qué les importa? —gruñe Serkan, a punto de echarse a llorar.

Catrina le pone la mano en el hombro.

—Ganaremos por ti —le asegura.

—Mmm —contesta Serkan y se sorbe los mocos. Ése no es el gesto de un Lobo alegre.

El ambiente festivo del vestuario va desapareciendo. Serkan, delantero también como Frank, es muy

importante para el equipo. Su ausencia va a ser dura no sólo para él, sino para todos los Lobos.

Niko intenta relajar la situación con una tontería:

—Si el miércoles faltan los delanteros, tendrá que marcar Hendrik los goles.

¡Ja, ja! Como acaban de comprobar, antes de que Hendrik marque un gol importante el abuelo de Frank se ha convertido en entrenador de la Liga profesional.

Nadie consigue reírse con la broma del capitán. Y la broma, que pretendía levantar el ánimo del equipo, hunde a Hendrik. De repente, parece como si se desinflara. Es un tío raro. Cualquier otro miembro del banquillo estaría encantado si tuviera esa oportunidad:

que un jugador titular no pudiera jugar. No por una lesión, claro, pero sí por alguna fiesta familiar o, como ahora, por un viaje de fin de curso. Así tendría ocasión de llamar la atención del entrenador, por ejemplo, marcando un gol decisivo. Pero Hendrik no es así. En cuanto tiene algo de responsabilidad, se pone nervioso. Y eso que no juega nada mal. Durante los entrenamientos y en los partidillos puede ser brillante. Sin embargo, si juega en serio le da por pensar. Antes de lanzar, considera todas las posibilidades y hasta el defensa más lento le roba el balón. Así, no va a convertirse nunca en un auténtico futbolista. Y él mismo lo sabe. Por eso prefiere quedarse en el banquillo.

—Frank, ¿tú juegas el miércoles, no? —pregunta ahora preocupado—. Quiero decir, seguro que no vas a tener ningún otro plan, ¿verdad?

—Tranquilo, tío —le dice Frank y le da una palmadita en el hombro—. ¡Es la final de la Copa! ¡No habrá nada en el mundo que me impida ir!

—¿Me lo prometes?

—Te lo prometo.

Hendrik suelta un suspiro de alivio. Es un tío raro, pero muy sincero.

Ideas extrañas

02

El abuelo abre la puerta de la casa. En medio del pasillo hay una bolsa de viaje azul. Es la bolsa de…

—¡Tu padre! —grita el anciano. Al oírle, Frank entra en el salón. Pero no hay nadie.

—¿Papá?

No hay respuesta. Frank tampoco encuentra a su madre. Y eso que es su tarde libre y no tiene que trabajar de cajera en el supermercado.

El abuelo mira la bolsa.

—No sé, últimamente esto pasa muy a menudo —dice disgustado.

No parece que le hagan mucha gracia esas visitas.

Antes, cuando Frank vivía en Asdorf con su padre y su madre, el abuelo se llevaba realmente mal con su yerno. Y cuando sus padres se separaron, y Frank y su madre se vinieron a la ciudad del abuelo, fue aún peor. Entonces, el abuelo no paraba de criticar a su padre. Pero ya ha pasado casi un año. Ahora, parece que su madre ya ha superado la separación y no llora cuando nombran al padre de Frank. Y, poco a poco, ha mejorado también la relación entre los dos hombres. Incluso alguna vez han llegado a hablarse. Por eso, Frank esperaba que hicieran las paces para que la situación se normalizase. En este momento, sin embargo, no parece que vaya a ser así. ¡Lástima!

—A mí no me parece que venga mucho —defiende Frank a su padre—. Y es normal que quiera verme.

El abuelo arquea las cejas.

—¿A ti? —pregunta con ironía.

—A mí, claro. A ti no, tal y como lo tratas.

Enfadado, Frank sube la escalera corriendo y da un portazo. Normalmente el abuelo es la persona más simpática del mundo. ¿Qué le pasa hoy?

Y todavía más: ¿dónde está su padre? ¿Habrá ido a Allberg para ver el partido? Seguro que su madre le habrá dicho dónde jugaban. Pero, ¿por qué no le ha visto allí? ¿Se habrá perdido por el camino? Puede ser. Igual sigue dando vueltas buscando el campo. Lástima que no haya podido ver el gol de Frank. Le habría encantado. Pero si su padre ha ido a Allberg, ¿dónde diablos está su madre? ¿En el coche de su padre, buscando todavía el campo de fútbol? No, imposible. A la madre de Frank no le gusta el fútbol. Incluso antes, cuando Frank jugaba todavía en el Asdorf y su padre era el entrenador del equipo, ella nunca fue a ver ningún partido.

Frank está nervioso. Va de un lado a otro. Al final baja de nuevo a la cocina. El abuelo está tomando un café.

—¿No nos hemos peleado, verdad? —pregunta inseguro el hombre.

Frank no puede evitar empezar a reír.

—No, al menos no en serio. Ya sé que a ti…

En ese momento, le distrae el ruido de un coche. Rápidamente, se acerca a la ventana.

—¡Papá! —grita y sale a la calle.

¡No está solo! Su madre también baja del coche.

—¿De dónde venís? —pregunta Frank asombrado.

—Hemos ido a dar una vuelta —explica ella.

—¿Una vuelta? ¿Los dos? ¿Juntos?

—¿No está prohibido, verdad? —pregunta su padre.

Quiere acariciar el pelo a Frank, pero éste aparta la cabeza. No, no está prohibido, pero sí que es un poco raro. Muy raro, incluso. Hace una eternidad que los padres de Frank no hacen nada juntos, ni siquiera cuando vivían en Asdorf. Allí, sólo discutían.

—Tu madre me ha enseñado la ciudad.

—¿Por qué no has venido antes? —pregunta Frank en tono de reproche—. Podrías haberme llevado al partido.

—Ah, es verdad, el partido. ¿Habéis ganado?

—Sí.

Frank no dice nada más. Se le han quitado las ganas de hablar de su supergol. Si su padre no tiene interés, allá él. Debería haber ido al partido en vez de darse una vuelta por la ciudad.

Pero su padre no se da cuenta del enfado de Frank y sigue hablando como si nada.

—¡Qué bien! Me alegro mucho. ¿Y sabes qué? Al próximo partido iré, seguro.

—No creo. Porque es este miércoles. No te va a dar tiempo después del trabajo.

—Pues sí —le contradice su padre—. Porque me voy a pedir unos días. No quiero perderme la gran final. ¿O es que no quieres que vaya?

—¡Pero qué dices! —exclama Frank—. ¡Claro que quiero que vengas!

Frank intenta olvidarse de su mal humor. En realidad, no tiene ningún motivo para estar así. ¿Que su padre se ha perdido el partido contra el Allberg? No pasa nada. Eso le puede ocurrir a cualquiera. Pero va a estar en la final de la Copa, que es mucho más importante. ¿Y qué pasa con el supergol? Qué más da, en Kappeln, Frank marcará otro igual.

Frank está acostado en su cama cuando se abre la puerta.

—¿Estás dormido? Es el abuelo. Indeciso, se queda en el pasillo.

—No, entra.

—Quería decirte una cosa. Acerca de esta tarde, ¿sabes?

No, Frank no sabe. En realidad, no entiende nada.

Con cuidado, el abuelo se sienta en el borde de la cama. Parece como si estuviera buscando las palabras adecuadas.

—Me alegro mucho de que estéis aquí. Tú y tu madre —dice por fin.

Su voz suena rara. Un poco triste. ¿Qué le pasa?

—Y mamá y yo nos alegramos mucho de tenerte a ti —intenta Frank consolarlo—. Eres el mejor abuelo del mundo. Y Niko, Peter, Catrina y Rebeca dicen lo mismo. Todo el equipo es de la misma opinión.

Por un segundo aparece una sonrisa en la cara del hombre mayor. Pero enseguida se pone otra vez serio.

—Desde que se murió tu abuela —dice—, he estado muy solo. Los amigos de la bolera… No es lo mismo. Me he dado cuenta ahora. Y si os marcharais…

Se muerde los labios. Ha hablado mucho.

Frank se incorpora y le da un abrazo.

—¡Qué cosas dices! No nos vamos a marchar —consuela al abuelo—. No por ahora. Y para irme al Hamburgo falta mucho. Entonces no podré venir todos los días, pero vivirás allí conmigo. Porque, cuando sea profesional, ganaré mucho dinero y tendré una casa muy grande para mamá, para ti y para mí.

—Si tú lo dices. Bueno, no te preocupes.

—Ya está olvidado —le asegura Frank.

Pero no es cierto. Incluso después de que el abuelo haya salido de la habitación, Frank sigue pensando en lo que le había dicho.

Diecisiete mil ositos de gominola

Semana laboral de 10 horas

03

El lunes por la mañana los amigos se reúnen en el patio del colegio. Niko está muy pálido.

—¿Te pasa algo? —le pregunta Frank preocupado.

Si el capitán no pudiera jugar la final, los Lobos tendrían que olvidarse de ganar la Copa.

—Estará preocupado por el examen de *mates* —dice Peter.

Claro, a nadie le gusta hacer un examen. Bueno, excepto a Rebeca. A ella le encanta. Pero, ¿por qué iba a afectar a Niko más que a nadie? Normalmente, las cosas del colegio son secundarias para él.

—Eh, tío, no te preocupes —intenta consolarlo Frank—. Es una pequeñez.

—Para ti es fácil decirlo —suspira Niko—. Tu padre mola, pero el mío... Últimamente hace unos comentarios muy raros, y desde hace una semana no deja de preguntarme por el cole. Si suspendo este examen, perderá la cabeza. Ya sabes lo que eso significa.

¡Claro que sí! Todos los Lobos lo saben. Si Niko saca malas notas, su padre se pone en plan duro. Cuando el otoño pasado recibió una carta del colegio advirtiéndole de los malos resultados escolares de su hijo, inmediatamente prohibió a Niko seguir jugando al fútbol. Casi fue el fin de su carrera. Menos mal que Rebeca consiguió convencerlo y evitar lo peor. Pero, desde entonces, Niko está «a prueba». La prohibición podría repetirse en cualquier momento. Sería una catástrofe no sólo para Niko; también para todo el equipo.

—Al menos, ya sabes que no tendrás que repetir curso —intenta Frank animarlo.

Y eso Niko se lo tiene que agradecer a Rebeca. Pero en este momento, Frank prefiere no recordárselo. Desde aquel otoño, el padre de Niko le obliga a estudiar con ella. Fue esa la condición para levantar el castigo. Niko es un vago y odia hacer las tareas con Rebeca. Pero no puede hacer otra cosa. Incluso ayer domingo lo obligó a estudiar varias horas. Es más, por eso mismo los Lobos tuvieron que sacrificar su entrenamiento. Rebeca dijo que Niko no podría concentrarse si sabía que los demás estaban jugando al fútbol mientras él estudiaba. Así que Niko debería estar preparado para el examen mejor que nadie. Pero no parece ser así. Su pesimismo amenaza con contagiar a todo el mundo. En ese momento, aparece Rebeca. Se acerca a los chicos y mira a Niko con atención.

—¿Y? —pregunta muy seria.

Pero, ¿qué es lo que quiere? No pretenderá que el pobre Niko repita ahora todas las fórmulas matemáticas, faltando tan poco tiempo para el examen. ¡Resulta agobiante!

Mehmet suelta un suspiro.

—¡Qué suerte tiene Hendrik! —exclama con envidia—. No tiene ningún motivo para preocuparse por si aprobará el curso.

—¿En serio? —pregunta Frank, encantado con el cambio de tema—. No sabía que fuera tan mayor.

La estrategia funciona. Rebeca deja de mirar a Niko y se dedica a dar explicaciones:\

—No es mayor que nosotros. Sólo es más listo.

¿Qué querrá decir con eso?

Peter lo sabe:

—Cuando Hendrik empezó el colegio, ya se lo sabía todo. Por eso lo metieron directamente en segundo curso.

Rebeca afirma con la cabeza y muestra una sonrisa como si el superdotado no fuera Hendrik, sino ella.

—Es muy listo, en serio —lo alaba—. Por eso da gusto hablar con él.

—Sí, ya lo sé. En Allberg se notó mucho —contesta Frank de mal humor—. Hablasteis tanto que ni siquiera visteis el partido.

Ya no le gusta tanto el cambio de tema, pero Rebeca no le hace caso.

—Cuando Hendrik sea mayor, será científico y estudiará el espacio —dice entusiasmada—. Quiere que le acompañe en sus viajes interestelares. ¿Os imagináis? Por cierto, ¿sabíais que después del Big Bang el universo…?

—¿Quién quiere saber eso? —la interrumpe Frank de mala manera porque la conversación lo saca de quicio—. ¿Universo? ¡Qué aburrido! No me extraña que a Hendrik le gusten esas chorradas.

Mark, un jugador de los Tigres, los archienemigos de los Lobos, está en la misma clase que ellos. Hasta el momento, había seguido la conversación con una sonrisa, pero ahora decide intervenir.

—Pero bueno —dice con falsa simpatía—. No seas tan antipático. ¿No estarás celoso? Acéptalo: contra un genio como Hendrik, el tonto siempre pierde.

Rebeca se echa a reír. Con lo presumida que es, seguro que se ha tragado la tontería de los celos. Frank sabe que debería aclarar las cosas para excluir cualquier posibilidad de romanticismo.

—¿Universo, Big Bang...? Estás chiflada, tía —se dirige a ella—. Y a tu genio le deberías decir que no es bueno pensar demasiado, si quiere jugar al fútbol.

—¿No me digas? —contesta Rebeca con voz arrogante—. Ya se nota que no tenéis ningún problema con lo de pensar demasiado, ¿verdad?

—Desde luego que no —se ríe Mark.

Ni siquiera se da cuenta de que Rebeca lo había incluido. Está claro que, en el caso de Mark, ella tiene toda la razón.

La señorita Pirosky aparece por la puerta. Debajo del brazo lleva las hojas del examen. Ha llegado la hora de la verdad. Suspirando, todo el mundo se calla.

De un momento a otro, Niko parece estar mejor. Agarra del brazo a Frank y le susurra al oído:

—No te preocupes por Hendrik, tío. Deberíamos darle las gracias.

—¿Las gracias? ¿A Hendrik? ¡Jamás!

—¡Qué sí! —insiste Niko—. ¿Te acuerdas cuántas veces hemos querido enviar a la luna a Rebeca? Ahora lo hará él.

Frank no hace caso a la broma y pregunta preocupado:

—¿Fue muy dura contigo ayer?

—Sí. No. No sé.

La alegría vuelve a desaparecer de la cara de Niko. Con la cabeza agachada, empieza a leer el examen.

«En una fábrica de ositos de gominola, se producen 17.684 ositos por hora. La jornada del viernes sólo tiene seis horas y media. Durante toda la semana, el número de ositos que...».

¡Madre mía! Los profesores no tienen nada de sensibilidad. ¡Como si un jugador no tuviera otros problemas más interesantes en este momento del final de la temporada de futbol!

A Rebeca le da igual. Está escribiendo con entusiasmo. A ver cómo enfoca ella el problema...

—¡Frank! —le avisa la señorita Pirosky—. ¡Concéntrate en lo tuyo!

Vale, de todas formas no puede copiarse de Rebeca porque está muy agachada sobre la hoja del examen.

Desde el otro lado del aula, cerca de la ventana, Mark le lanza una sonrisa maliciosa. ¡Que se meta en sus propios asuntos!, piensa Frank. Aunque parece que tampoco ha escrito nada todavía. Sólo está mordiendo el lápiz como si fuera un castor.

¿Y Niko? Parece que tampoco avanza mucho. Tal vez Rebeca lo haya agotado demasiado ayer. Le está saliendo humo de la cabeza. ¡Ojalá no se le salten los fusibles! Porque entonces no estará en condiciones para el miércoles. ¡Sería una catástrofe!

Precisamente a los Lobos no les sobran jugadores. Por ahora, va a faltar Serkan. Otra baja más sería demasiado. Y, especialmente, cuando se trata de un jugador tan importante como el capitán y director del juego de mediocampo.

—¡Frank! ¡Empieza ya!

«De acuerdo, vale. Veamos: En una fábrica de ositos de gominola…».

Rebeca saca punta a su lápiz. Una buena oportunidad para mirar qué está escribiendo.

Su folio sigue en blanco. Sólo tiene unos dibujitos en la hoja de papel. ¿Será que quiere resolver el problema dibujando todos los ositos? Tardaría mucho, teniendo en cuenta que son 17.684. Frank vuelve a mirar. No, no son ositos. Rebeca está dibujando planetas. ¿Se estará imaginando cómo será su futuro de astronauta?

—¿No querías investigar a los dinosaurios? —le susurra Frank al oído—. ¡Dinos! ¿Se te ha olvidado?

—Bah, son aburridos —contesta Rebeca—. Hace mucho que se murieron.

Frank la mira asombrado. Desde que la conoce le han apasionado esos bichos y no ha dejado de recitar sus nombres en latín. Y ahora llega un tipo que le habla del universo y se olvida de ellos. ¡Qué cruel!

—Frank, creo que será mejor que te cambies de sitio —le interrumpe la señorita Pirosky—. Para que puedas trabajar más tranquilo.

¡Eso es! Frank agarra sus cosas y se va a un pupitre vacío. Mark lo mira de nuevo con malicia. «¡Idiota! ¡Tigre estúpido!», piensa. Es mejor no hacerle ni caso.

«17.684 ositos de gominola...». Pero, ¿por qué querrá ir al espacio con Hendrik? Bueno, a Frank le da igual. ¿O no? No del todo. ¿Estará celoso? ¡No, tonterías! Eso significaría que está enamorado de Rebeca. ¡No puede ser! ¡Un jugador de fútbol no se enamora! Y es más: ¿quién es ese Hendrik? Puede que sea listo, pero en el fútbol no sale ni del banquillo. ¡Que Rebeca se vaya a la luna con él! Frank recitará la cuenta atrás encantado.

¡Por fin suena la campana!

—Recordadme que jamás vuelva a comer ositos de gominola —gruñe Niko.

¡Mierda! Parece que realmente ha suspendido el examen.

—¿Por qué no le has ayudado? Le podrías haber pasado una nota. Pero, claro, tenías cosas más importantes que hacer.

—¿Ayudarle yo? —contesta Rebeca riéndose—. No se lo merece.

¿Cómo puede ser tan cruel?

—Claro que se lo merece —defiende Frank a su amigo—. Ha estado estudiando muchísimo últimamente. ¡Acuérdate de ayer!

—¡Me estoy acordando de ayer! —exclama Rebeca y se marcha.

Frank la ve desaparecer, totalmente confuso. ¿Qué diablos la pasa? ¿Le habrán sentado mal los ositos? Parece que diecisiete mil son demasiados incluso para una lumbreras como Rebeca.

La hora de ajustar cuentas

04

Por la tarde, hay entrenamiento. Frank, Mehmet y Orhan llegan pronto. Niko y Peter han llegado más pronto aún. Los están esperando en la puerta del campo de fútbol.

—¡Qué prisa tiene éste hoy! —se queja Peter señalando a Niko—. Estoy con la lengua fuera de tanto correr.

Orhan lo mira con interés y dice finalmente con decepción, agitando la cabeza:

—Pues no lo parece.

—Cállate, enano —le contesta Niko.

¡Vaya! ¡Conque sigue con los ánimos por el suelo! En ese momento, llega Catrina en bici.

—¿Cómo os ha ido? —pregunta.

31

Como tiene la suerte de ir a otro colegio se ha librado de la tontería de los ositos.

—Fatal —responde Niko en voz baja—. Puede que hoy sea mi último entrenamiento. Y luego: ¡adiós fútbol!

Todos lo miran consternados.

—¡No digas tonterías!

—¿Por qué dices eso?

—Mi padre está planeando algo, por eso. Hoy ha llegado a casa superpronto. Y, enseguida, se ha metido en su cuarto y no ha dejado de hablar por teléfono. No he oído nada, pero sé que ha hablado también con Rebeca.

—¿Con Rebeca? ¿Para qué?

—Ni idea. He preferido marcharme antes de que me dijera algo.

—Pero Rebeca está de tu lado.

—No estoy tan seguro. Después de lo de ayer.

—¿Ayer?

¿Por qué no lo suelta de una vez?

—Pero si ayer estudiaste con ella, ¿no?

—No.

—¿Cómo que no?

—Hacía demasiado calor… —Niko busca las palabras para explicarse—. Demasiado calor para estudiar *mates,* y por eso…

—... preferiste ir a la piscina —termina Frank la frase por él.

Niko mira hacia suelo. Con la punta del pie hace un dibujo en la tierra.

¡Exacto! Eso lo explica todo. Por ejemplo, la misteriosa reacción de Rebeca después del examen.

—¿Por qué haces esa clase de tonterías? —pregunta Mehmet enfadado.

—Sabes perfectamente el riesgo que corres —añade Catrina.

—¡A la mierda! —se queja Niko—. No sabéis lo que significa estudiar con ella.

Eso es cierto. Otros pudieron tomarse con tranquilidad el domingo. Frank, por ejemplo, puede permitírselo porque sus padres jamás le van a prohibir jugar al fútbol. En el caso de Niko, es muy diferente. Está jugando con fuego.

—¡Estupendo! —dice Peter—. Rebeca se lo habrá contado a tu padre, y no le habrá gustado nada. ¡La que te espera cuando llegues a casa!

—Hasta ahora, Rebeca nunca se ha chivado de Niko —defiende Catrina a su amiga, pero no resulta muy convincente.

—Supongo que esta vez ha sido la gota que colmó el vaso —dice Mehmet.

Es probable. Niko nunca ha tratado demasiado bien a Rebeca. La dejó colgada más de una vez. Pero ya es mala suerte que se chive de él precisamente dos días antes de la final.

—¡Hola, chicos!

Es Hendrik, justo el que faltaba. En realidad, la culpa la tiene él por sus tonterías del espacio. Desde que ha volado con Rebeca hasta las galaxias, le dan igual los problemas de este mundo e incluso pasa de los amigos.

Hendrik mira a sus compañeros uno por uno.

—¿Qué pasa? —pregunta desconcertado.

Frank se ahorra un comentario sarcástico. ¿Por qué no prohíben jugar al fútbol a Hendrik? Nadie se daría cuenta. Bueno, Rebeca tal vez. Pero no, este chico es un estudiante tan ejemplar que nunca tiene problemas. ¡Qué injusticia!

Ahora llega Norbert y abre la puerta de la valla del campo. Está de muy buen humor. De momento. Porque eso cambiará cuando se entere de que el capitán está sancionado por tiempo indefinido.

—Hoy vamos a trabajar duro para preparar la final —anuncia el entrenador frotándose las manos—. Así que: ¡a toda pastilla, chicos!

—Bah, encima —se queja Mehmet.

El portero es un vago y prefiere tomárselo con tranquilidad. Será por eso que ha elegido estar entre los palos. Así corre mucho menos. En cambio, a Frank le gusta entrenar duro. ¡A toda máquina, hasta ponerse al rojo vivo! Es la mejor manera de espantar los pensamientos tristes.

Porque hoy, además, hay muchos que espantar. Frank regatea hasta que le sale humo de las botas. Y, después, bombardea a Mehmet hasta llenar la red de balones. Es una lástima que la final no se juegue aquí y ahora. Está en tan buena forma que cualquier defensa se asustaría.

Pero hoy, en el partidillo del entrenamiento, tiene que conformarse con sus defensas. Y ni siquiera puede contar con la ayuda de Niko. El capitán parece estar dormido: otra vez pierde un balón superfácil. Frank recupera el esférico y se marcha hacia la portería. Boris, uno de los defensas, le corta el paso. Pero Frank lo esquiva con facilidad. Lo siento, Boris. Ahora se acerca Peter. Frank se para. Hace como si quisiera dar un pase. Peter se lo cree e intenta interceptar el balón, pero Frank se va hacia el otro lado. No hay nadie más. Frank levanta la cabeza para mirar. Catrina está marcando a Olli. Hendrik está libre. Sólo Hendrik.

—¡Pásalo! —ordena Norbert.

A regañadientes, Frank obedece. Lástima. Porque Hendrik tropezará con el balón, como siempre...

¡Pero no! Sin dudarlo, Hendrik dispara directamente hacia la portería. Mehmet salta y toca el balón con las puntas de los dedos, pero el disparo tiene demasiada fuerza y se mete en la red.

—¡Vaya, Hendrik! —grita Frank sorprendido.

El goleador lo mira asustado.

—¿Qué pasa? ¿Acaso lo he hecho mal? —pregunta inseguro.

Pues sí. En el entrenamiento dispara un cañonazo, pero cuando los Lobos lo necesitan en serio es incapaz de meter el balón entre los palos contrarios aunque la portería esté vacía. ¡Es para desesperarse!

Mehmet se gira para sacar el balón de la red, pero de repente se queda de piedra. Frank le sigue con la mirada. Cerca de los vestuarios está Rebeca.

—¿Qué hace ahora ésta aquí? —pregunta Peter en voz baja.

Rebeca ya es una espectadora habitual en los partidos de los Lobos, pero en los entrenamientos casi nunca aparece. Hoy debe de haber una razón especial. Todos se dan cuenta.

Incluso Norbert se olvida del partidillo y mira a la chica.

Rebeca parece estar esperando a alguien. Efectivamente, unos segundos después aparece a su lado un cuerpo extraño. Se parece a un paquete muy grande con patas. Poco a poco, los dos se acercan.

—¡Mi padre! —exclama Niko.

El cuerpo extraño es realmente el señor Treiber. Pero sólo tiene ese aspecto extraño porque viene cargado con un paquete enorme. Ahora lo deja en el suelo, al lado de la línea de fondo. ¿El padre de Niko en el campo de fútbol? Es increíble. Él sólo vive para su droguería. Su presencia aquí no puede significar nada bueno.

—Ha llegado la hora de ajustar cuentas —dice Mehmet.

Efectivamente, el padre de Niko no va a esperar hasta la noche. Sus peores amenazas, como la de sacar a su hijo del equipo, se van a cumplir ahora mismo.

¿Y Rebeca? Naturalmente, no quiere perderse el espectáculo. Va a disfrutar plenamente de su venganza por la ingratitud de Niko. Todo encaja a la perfección.

¿O no?

¿Por qué sonríe tanto el padre de Niko, como si hubiera vendido mil botellas de champú de golpe en su tienda? ¿Y por qué Norbert le saluda tan efusivamente? Parece que la llegada del comerciante no le sorprende nada. ¿No estará compinchado con los traidores? No, eso sería imposible.

—Tranquilo, tío —dice Frank a Niko en voz baja—. No será para tanto.

Publicidad

05

—Escuchad todos —empieza Norbert a decir.

Esta introducción es absolutamente innecesaria porque ya tiene la atención de todo el mundo.

—Como podéis ver, tenemos visita —continúa—. Se trata de… Pero bueno, mejor os lo cuenta él mismo.

El señor Treiber se aclara la voz y empieza a hablar:

—Hola a todos. Bueno, es que…

Rebeca está poniendo cara de protagonista y afirma cada palabra del padre de Niko con un gesto para que todo el mundo se entere de que ella sabe de qué va esto. La llamada de la tarde. Así se ha enterado. Pero, ¿cuál ha sido su papel en este asunto tan misterioso?

—La semana pasada me llamó la señorita Pirosky.

¿La Pirosky? ¿Cómo se ha enterado de que Niko hizo pellas? ¿Y cómo que la semana pasada? ¡Si fue ayer!

El señor Treiber hace una pausa para que sus palabras tengan efecto. Por fin, continúa:

—Al principio pensé: «¿La llamada de una profesora? Mala cosa…».

Todos escuchan con absoluta atención. Sólo se oye respirar a Orhan. Rebeca muestra una sonrisa de superioridad. La señorita Sabelotodo está disfrutando.

—Así que me preparé para lo peor, pero, sin embargo, me dijo que Niko lo había conseguido. No me lo creía: el vago de mi hijo pasará de curso.

Niko se queda boquiabierto. Tiene un aspecto bastante lamentable. Debe de ser el estrés de los últimos días.

Frank tarda también bastante en comprender lo que pasa: el señor Treiber no tiene ni idea de las pellas de ayer. Rebeca no se ha chivado. ¡Uf! Menos mal. Frank nota que se le quita un peso de encima y da un codazo a Niko. Por fin, el amigo también se entera y vuelve a cerrar la boca.

Mehmet tampoco entiende nada.

—Entonces, ¿Niko podrá jugar el miércoles? —pregunta, por si acaso.

—¡Claro que sí! —responde Frank y, con una sonrisa atrevida, se dirige a Rebeca—: Se nota que Niko ha estudiado mucho, ¿verdad?

Rebeca le responde con una mueca de burla.

El señor Treiber levanta las manos.

—No vayamos a exagerar, Frank. Tampoco es que las buenas notas de Niko anuncien que a partir de ahora todo será maravilloso. Eso sí, con las notas de hace cinco meses parecía que repetir curso era inevitable. Por eso me alegro tanto.

En un instante, Niko vuelve a ser el de siempre. ¿Agradecer algo a Rebeca? De eso nada.

—¿Lo sabías desde hace una semana y hasta ahora no me entero? —le pregunta con descaro.

Rebeca arquea las cejas.

—Ojo por ojo…

Pero no termina la frase y se encoge de hombros. El señor Treiber no les hace caso y golpea la caja grande que ha dejado a su lado.

—Me gustaría celebrar esta noticia y por eso he traído esto.

—Seguro que son muestras gratuitas de la droguería —dice Peter en voz baja—: jabón, desodorante y cosas por el estilo.

Despacito, el padre de Niko abre el paquete y saca algo. Pero no es ni jabón ni desodorante. ¡Madre mía! ¡Es una camiseta amarilla y verde, supernueva, con las palabras «DROGUERÍA TREIBER» en letras grandes!

¡Guay!

—¡Con patrocinador!

—¡Igual que en la Liga profesional!

—¿Para quién...?

—¿No serán...?

—¿... para nosotros?

—Efectivamente. En cuanto fui capaz de digerir la buena noticia de la señorita Pirosky, llamé a vuestro entrenador para decirle que me gustaría haceros un regalo. Me dijo que necesitabais camisetas nuevas y, *voilà,* ¡aquí están!

Catrina es la que reacciona con más rapidez. Mete las manos en la caja, busca la camiseta que lleva el número 5 y se la pone. Luego, empieza a posar como si estuviera delante de las cámaras de los fotógrafos deportivos.

Ése es el disparo de salida: Frank, feliz, saca el 20, el número que lleva desde su primer partido con los Lobos. Mehmet encuentra la nueva camiseta de portero en la que están mezclados los colores del equipo con el negro. Contento, dibuja círculos en el aire con ambas manos. Niko levanta el 10 del capitán. Incluso Orhan agarra una de las camisetas para los suplentes y se la pone con orgullo. No le importa nada que le sobren dos tallas. Ya se está viendo como la nueva estrella del equipo, a pesar de que le quedan aún unos cuantos años antes de poder jugar con los mayores.

—¡Mirad! —dice de repente el señor Treiber haciéndose el sorprendido—. ¡Queda otra!

La camiseta que sostiene en sus manos es igual que las demás, pero en el dorsal no lleva ningún número, sino un nombre en grandes letras verdes sobre fondo amarillo. Pone «REBECA».

¡Es una auténtica camiseta de hincha igual que las de los equipos profesionales!

—¡Rebeca! —dice el padre de Niko con un nuevo tono ceremonial en la voz—. Que Niko pase al siguiente curso es un milagro. ¿Y a quién tenemos que darle las gracias? ¡Sólo a ti! Te estoy profundamente agradecido por toda la paciencia que has tenido con mi hijo.

—Yo… no… —tartamudea la chica.

Por una vez en su vida, la señorita Sabelotodo se queda sin palabras. Parece que de esta parte de la sorpresa no se había enterado. Sus ojos brillan como los focos de un estadio olímpico. Ya no se acuerda de la vaguería de Niko.

—¡Son una pasada! —exclama Catrina—. Con estas camisetas vamos a ser las estrellas de la Liga de la próxima temporada.

Hasta el momento, Hendrik sólo ha mirado tímidamente el regalo del padre de Niko.

—¿Por qué hay que esperar hasta la próxima temporada? —dice de repente—. Podríamos ponérnoslas ya este miércoles.

—¡Eso es! ¡Buena idea! —lo apoya Frank.

—¡Iba a decir lo mismo! —exclama Niko—. ¡Con estas camisetas ganaremos seguro!

—¡Desde luego!

—¡Tiraremos abajo la portería del Kappeln a base de golazos!

—Y tú, Hendrik, volverás a aplicar tu derecha mortal —dice Frank—. El cañonazo que acabas de disparar era de primera. El miércoles lo harás igual.

—¿Tú crees? —pregunta Hendrik inseguro.

En realidad, no. Un golazo así en la final no es nada probable. Lo más seguro es que Hendrik no haga ni un golito fácil. Ni siquiera con la nueva camiseta. Pero no pasa nada. Para marcar goles ya están otros. Por ejemplo, Frank.

Hendrik podrá lucir también la ropa nueva, claro que sí, pero en el banquillo. Es curioso, de un momento a otro Frank ya no tiene nada en contra del suplente.

—Entonces, estamos listos —dice el señor Treiber frotándose las manos, todo contento—. Ahora sólo tenéis que ganar la Copa.

—Pero oye, papá, ¿desde cuándo te gusta el fútbol? —pregunta Niko sorprendido.

—Desde que lleváis el nombre de mi tienda en la camiseta —se ríe—. No hay mejor publicidad que un equipo con éxito.

El malentendido

06

Por fin ha llegado el día de la gran final. Desayuno en el hotel del equipo. Después, un entrenamiento suave. Dos o tres breves entrevistas con la prensa. Sesión de masaje. Por último, tranquilidad y relax.

—¡Frank!

De sopetón, la señorita Pirosky lo devuelve a la cruda realidad. A la profesora le importan un comino las necesidades de una futura estrella de la Copa Regional.

—¿Puedes decirme todas las partes de la oración?

¿Partes de la oración? ¿Hoy? Pero ¿en qué estará pensando la profesora?

La señorita suelta un suspiro y se pone a pasar páginas en la libreta de las notas.

—No sé qué te pasa últimamente.

—No se lo tome a mal —dice de repente Mark.

—¿Perdona? —pregunta la profesora y mira por encima de las lentes de sus gafas.

—Le está afectando la derrota en la Copa —explica el Tigre.

—¿Ah, sí? —dice la señorita con un tono de compasión, mientras baja el cuaderno—. ¿Habéis perdido?

—Todavía no —responde Mark sonriendo—. El partido es esta tarde. Pero ahora ya están hechos polvo.

—¿Sabe por qué no juega él hoy? —salta Niko enfadado—. Porque los Tigres fueron eliminados hace mucho. ¡Por nosotros, precisamente!

—Os dejamos ganar —afirma Mark sin inmutarse—, para poder concentrarnos en la Liga. Y nos está saliendo redonda la jugada. ¡Porque los Tigres vamos a ser campeones!

—¡Sigue soñando! —le interrumpe Peter—. Ya verás cuando llegue la última jornada...

—Vale, chicos —La señorita Pirosky intenta volver al tema de la clase—. Deberíamos continuar...

¡Pero es inútil! El diálogo se ha calentado demasiado y ya está fuera de control.

—No me digas —dice Mark con una sonrisa irónica. De paso, les refresca la memoria a los Lobos acerca de su terrible derrota en la primera vuelta de la Liga—. ¿Te acuerdas de quién ganó el último derbi?

Mehmet no está nada impresionado.

—¿El último derbi? ¡Nosotros! —afirma el portero—. En la final del campeonato de fútbol sala.

Desesperada, la profesora mira a unos y a otros. Pero no hay nada que hacer. Las partes de la oración están olvidadas. Y, afortunadamente, también la mala nota de Frank. Y todo gracias al comentario de Mark. Frank se lo agradece haciéndole un gesto con el pulgar hacia arriba. El archienemigo se lo merece, a pesar de que juega con los idiotas de los Tigres. Todo contento, Frank se reclina en la silla para disfrutar de la discusión. Una verdadera estrella del fútbol no podría imaginarse una clase mejor.

Por fin, la campana acaba con la pelea. Los Lobos y los Tigres se reúnen en el patio para jugar un partidillo. En el suelo hay dibujado un campo en miniatura.

Es más «mini» que «campo» pero no pasa nada, porque el equipo que gane aquí podrá ganar también en el campo grande.

Durante el partidillo, hay tregua entre los rivales. Después de haberse peleado en la clase, ahora ya no hay que perder más tiempo con las riñas. Enseguida se forman los dos equipos. Mehmet está en una portería, que han formado con dos cajas de cartón. En la otra está Peter. Pero ya el primer balón que le llega lo mete en propia puerta sin querer.

—¡Jo, tío! ¿Estás ciego? —se enfada Mark.

—Si crees que lo haces mejor que yo, ponte tú —le contesta Peter ofendido.

Esta vez no parece que vaya a durar mucho el partidillo.

—¿Puedo jugar? —pregunta Simon, un niño de tercer curso.

—Nos vienes de perlas —grita Frank aliviado—. Puedes ser el portero.

Simon ya demostró en el pasado torneo escolar que sabía jugar cuando formó parte del equipo del colegio del Campo de los Espíritus. Juega casi todos los días en un parque con sus amigos y dicen por ahí que suele hacer de portero.

Peter está encantado. El partido puede continuar.

Sacan del centro. Peter tiene el balón, pero Frank se lo roba. Mira por dónde, Orhan está libre, y le pasa el cuero. El enano gana en el uno contra uno a Mark, se acerca a la portería, dispara y ya levanta los brazos para celebrar el gol, pero Simon rechaza espectacularmente el balón con el pie.

—¡Bien hecho! —dice Mark al nuevo portero—. ¿Quieres jugar con los Tigres? Nunca sobra un buen guardameta.

—¿En serio? —pregunta Simon encantado.

—Claro que sí —insiste Mark—. Pasarse la pelota en el parque, es poca cosa. Un verdadero futbolista

necesita puntos, grandes victorias y, si es contra los Lobos, mejor.

¿Cómo? Eso no puede quedar así.

—¿Ganar a los Lobos? —pregunta Peter—. ¡Ni lo sueñes!

Niko se dirige al nuevo jugador:

—Los Tigres no necesitan sólo un nuevo portero —le explica—. Necesitan un equipo entero. Ahora mismo sólo tienen a fanfarrones e inútiles que no saben jugar. Vente mejor con los Lobos.

—Eso es —añade Peter—. Los Lobos son el mejor equipo.

Hubiera añadido alguna cosa más, pero Mark lo interrumpe:

—¿Fanfarrones e inútiles? —pregunta amenazador—. ¿Que no sabemos jugar?

Niko choca los cinco con sus amigos.

—¡Por fin se ha enterado! —grita con exagerada alegría.

—Entonces, ¿por qué somos los primeros en la Liga? —pregunta con voz presumida—. ¿Podéis explicármelo, listillos?

—Está claro —lo provoca Frank—: porque tenéis comprados a los árbitros y amañáis los partidos.

Sabe muy bien que en realidad no es así, pero cualquier cosa vale para sacar de sus casillas a Mark.

—¡A ti te voy a amañar! —grita el Tigre y va por Frank, pero en ese momento lo salva una voz inesperada.

—¡¿No sabéis comportaros?!

¡La señorita Pestum, famosa por su pacifismo! No sabe que los deportistas necesitan intercambiar opiniones. Con un gesto decidido, les pide el balón.

—¡Queda prohibido jugar al fútbol! —grita—. ¡Hasta que entréis en razón!

«¡Zas!». Coge el balón y se marcha con su trofeo.

Simon se encoge de hombros y desaparece entre los niños del patio.

—«¡Hasta que entréis en razón!» —imita Mark la voz de la Pestum—. En vuestro caso, podemos esperar una eternidad.

—Y en el tuyo no será nunca —contesta Niko.

—Por cierto, ¿dónde está Mehmet? —lo interrumpe Frank.

Sorprendidos, los Lobos se miran unos a otros.

—Pero si lo acabo de ver —exclama Orhan.

Sí, pero ya no está. No hay nadie entre las cajas de la portería.

—Se habrá asustado al ver a la Pestum —se ríe Mark.

¡Tonterías! Mehmet no se asusta por nada ni por nadie.

Los amigos empiezan a buscarlo, pero al finalizar el recreo aún no lo han encontrado.

Cuando comienzan las clases sigue sin aparecer y Frank se preocupa. Se acerca a la mesa de la profesora.

—Mehmet se ha puesto malo en el recreo —le informa—. ¿Puedo ir a ayudarlo?

Sin esperar la respuesta, sale al pasillo.

No queda casi nadie en el patio. Mehmet no está en ningún lado. ¿Tal vez en el baño? No, no hay nadie. Un guardameta no puede desaparecer en un momento. ¿Se habrá marchado a casa? ¿Así, sin más? ¿Sin llevarse su mochila y sin despedirse de su querido hermanito? No puede ser.

Debe estar en alguna parte. Sólo queda una última posibilidad. Frank se va corriendo hacia el gimnasio. En la parte de atrás hay una escalera que baja al sótano. Efectivamente, Mehmet está sentado en los escalones. Incluso viéndolo de espaldas, se nota que está triste.

Frank se sienta a su lado. Mehmet continúa pensativo sin decir nada.

—¿Qué te pasa? —pregunta Frank.

Mehmet se sorbe los mocos.

—Así que los Lobos están buscando otro portero —dice furioso—. Gracias por informarme.

Frank mira atónito a su amigo.

—Pero ¿qué dices?

—¡Déjate de tonterías! Vuestra oferta al Simon ese. ¿Ya no te acuerdas?

¡Madre mía! Parece ser que ha habido un gran malentendido. ¿Cómo se puede arreglar esto?

Frank le pone la mano en el hombro.

—No estamos buscando a nadie —dice a Mehmet.

—¡No me digas! Pues yo no he entendido eso. Si pensáis que no soy un buen portero, me lo podíais decir a la cara. No me gusta nada tener que enterarme a traición.

—¡Tonterías! Eres el mejor portero que hay, el único Número Uno. No hay otro igual.

—Entonces, ¿de qué va eso de Simon? —pregunta Mehmet con auténtica preocupación.

Frank lo entiende perfectamente. Tampoco a él le gusta nada pasar un partido en el banquillo. Y como los Lobos tienen tres delanteros —Frank, Serkan y Olli—, a veces se tienen que turnar, según sea la estrategia del entrenador. Menos mal que Hendrik no se vuelve loco por jugar. Si no fuera así, habría riñas por la alineación todo el tiempo. Pero Mehmet es un chico con suerte. Es el único portero y no hay ningún peligro de que lo sustituyan.

Pero, ¿qué pasaría si se pusiera enfermo, como ha pasado ahora con el portero de los Tigres, que ha sufrido una rotura de ligamentos? Sin embargo, el equipo rival no tiene problemas porque hay dos o tres jugadores para cada uno de los puestos. En esta ocasión sólo han tenido que tirar del portero suplente.

Pero en el caso de los Lobos, una lesión del guardameta sería una catástrofe. No hay nadie que pueda sustituir a Mehmet.

¿Orhan, tal vez? En alguna emergencia, ha sido jugador suplente. Pero ¿en la portería? Es del todo imposible. El enano necesitaría unas escaleras para llegar al larguero.

Mehmet interrumpe los pensamientos de Frank.

—Entonces, ¿qué queréis del Simon ese? —insiste.

—Nada —le asegura Frank. No es el momento para hablar de un portero suplente—. Niko sólo se lo ha dicho para tomar el pelo a Mark, ¿no lo ves? Porque Mark quería ficharlo para los Tigres.

—¿Y no os interesa de verdad?

—¡Promesa de Lobo!

—¡No sé! —dice Mehmet, se muerde el labio y frunce el ceño. Después de un buen rato, continúa—: ¿Y Mark? ¿Crees que su oferta iba en serio?

—¡Ni idea! Creo que tampoco lo ha pensado mucho.

—Dicen por ahí que el segundo portero de los Tigres es un espantapájaros.

—Sí, me he enterado —le confirma Frank—. Pronto lo vamos a saber. A ver si en el derbi le destrozamos la red a golazos.

—Entonces, es verdad que los Tigres necesitan a Simon.

—Sí, supongo, les vendría muy bien —reconoce Frank, pero prefiere no seguir con el tema que Niko ha sacado sin querer—. ¿Por qué te preocupa tanto eso?

—Por nada —dice Mehmet y se levanta—. Vámonos. Nos esperan las partes de la oración. Sigues sin enterarte, ¿no?

—No te pongas, chulo —se ríe Frank—. Tienes menos idea que yo.

—De eso nada. Las partes de la oración son mi especialidad.

Frank sonríe aliviado. El malentendido se ha arreglado. Mehmet ha vuelto a ser el de siempre. Menos mal, porque falta muy poco tiempo para la gran final.

¡Engañado!

07

Como siempre, al salir de clase, Frank acompaña a Mehmet y Orhan.

—¡Oye, tío! —jadea Mehmet—. ¿De qué estás huyendo? ¿Por qué corres tanto?

—Esta tarde llega mi padre —explica Frank y acelera más aún—. Tal vez ya esté en casa.

—Viene mucho últimamente —comenta Mehmet.

¡Qué raro! El abuelo había dicho algo parecido. ¿Qué les pasa a todos de repente?

—Me parece que está enamorado de tu madre —exclama Orhan.

¡Sólo se le podía ocurrir a él! El enano está siempre enamorado de alguna chica, en la mayoría de las ocasiones de primer curso. Por lo tanto, se considera a sí mismo un experto en asuntos del corazón. Pero esta vez está equivocado.

—Entre mis padres hace mucho que no hay nada —le explica Frank.

—Eso es lo que tú te crees —insiste Orhan.

¡Como quiera! Los padres de Mehmet y Orhan viven juntos. Por eso, esta vez el enano no tiene ni idea de lo que ocurre.

—¿Está papá? —pregunta Frank al entrar en casa.

¡Vaya pregunta! Ya lo sabe. Si su padre hubiera llegado, estaría el coche fuera.

—Hola, hijo —le saluda su madre muy cariñosa.

—Sí, sí, hola —contesta Frank distraído—. ¿Cómo es que estás todavía aquí? ¿Hoy no trabajas?

—Me he tomado la tarde libre. Por si no te has enterado, hoy es la final de la Copa.

Frank mira perplejo a su madre.

—¿No me digas que vas a ir a verme?

—Bueno, sí, si no te importa.

—¿Qué? ¡Claro que no! Es sólo que… como no has ido nunca.

—Por eso precisamente. Ya es hora. Todo el mundo habla sólo de fútbol. En la caja del súper, en el cine, en todas partes. Mira a Claudia, por ejemplo: hasta ahora el fútbol le daba lo mismo, pero como pronto va a comenzar el Mundial, ha llenado el balcón de banderas y se sabe todos los nombres de los jugadores de la selección. Me ha dicho que algún día tú también jugarás en ella. Y yo, tu madre, no me había dado cuenta. Eso no puede ser.

Frank se ríe.

—Da recuerdos a Claudia, de mi parte. Desde luego, razón no le falta.

Después de la comida, Frank prepara su bolsa. Una vez más, mira la nueva camiseta: verde y amarilla. Como la de un equipo de la Liga profesional. Frank toca el número azul, el 20. El año pasado, cuando entró en el equipo, no quedaba otro. Aun así, el 20 le ha gustado desde el principio. Veinte goles quería marcar para los Lobos en esta temporada. No lo ha conseguido del todo, a no ser que cuente también los que marcó en invierno en los partidos de fútbol sala. Pero igual caen algunos más esta tarde. En cualquier caso, si no marca Frank no pasa nada, siempre que lo haga otro Lobo y sirva para ganar la Copa.

¿Dónde estará su padre? Frank espera que no se retrase. ¡Seguro que no! Llegará a tiempo. Todavía falta mucho. Demasiado. Frank no sabe qué hacer para pasar el rato antes de que empiece el gran partido.

A través de la ventana, observa al abuelo. Está trabajando en el jardín. A lo mejor sería buena idea ayudarle. No, mejor que no. Con los nervios, sólo confundiría las flores con la mala hierba.

Verá un poco la tele. Así se relajará y no meterá la pata.

Frank baja la escalera hacia el salón. En el último escalón se para.

¿Se escuchan voces? No. ¿O sí? ¿Hay visita? ¿O está su madre viendo la tele? Frank espera que no sea eso. Los dos no coinciden na-da en sus gus-tos cuando se trata de la tele.

Muy despacio, Frank abre la puerta del salón. Y se queda de piedra.

«¡Mamá y papá!».

Asustados, los dos se separan. Estaban...

¡Besándose!

—Pe... pero... —tartamudea Frank atónito—, pero si ya no había nada entre vosotros.

Su padre sonríe avergonzado. Su madre tiene la misma cara que pone Frank cuando la Pestum lo pilla copiando.

—¿Nada entre nosotros? —ahora tartamudea ella también—. Ejem, bueno, ya no.

—¡Cómo que ya no! —exclama Frank enfadado y sale corriendo.

—¡Espera!

¡No! Frank sale a la calle y da un portazo. En el jardín, casi se choca con el abuelo.

—¿Adónde vas? —pregunta éste, pero Frank no se detiene.

¿Adónde? No tiene ni idea. Pero lejos de aquí.

Sigue corriendo por la calle, dobla a la derecha, luego a la izquierda, sin rumbo. Cada vez corre más rápido. Está huyendo. Cuando ya no le dan más de sí los pulmones, se detiene. Inclinado hacia delante, con las manos en las rodillas, intenta cobrar aliento. Mira hacia atrás. Nadie le ha seguido. Sería imposible. Un delantero rapidísimo como él es imposible de alcanzar.

Poco a poco, sus pulmones se recuperan. Frank intenta ordenar su cabeza. No es nada fácil. Las neuronas están bailando salsa.

Pero ¿por qué? ¿Qué ha pasado realmente? Sus padres se han besado. Eso significa que han hecho las paces. Es bueno, ¿o no? Podrían volver a formar una familia como la de antes. Es justo lo que Frank estaba deseando. Entonces ¿por qué se ha enfadado? ¿Por qué corre por las calles como un descosido? Es super infantil. Ahora todo va a cambiar.

No, nada va a cambiar. Su padre jamás se mudará aquí. Tiene su trabajo en Asdorf. No va a dejarlo. Y luego está el equipo de fútbol. Desde que Frank tiene uso de razón, su padre ha sido el entrenador. ¡Es su vida! No se marcharía nunca de Asdorf. ¡Jamás!

Entonces ¿qué? Sólo queda una alternativa: su madre volverá a Asdorf y Frank con ella, lo quiera o no.

¡No! ¡No quiere! ¡Ahora, ya no!

Hace sólo un año, todo era diferente. Entonces volver a Asdorf era su mayor deseo. Su padre tenía otra novia, y por eso Frank y su madre se marcharon. Está claro que nadie había preguntado a Frank su opinión. Simplemente, su madre lo trajo aquí. Y al principio estaba superdeprimido. Todos los días esperaba que su padre se disculpara y los llamara para que volviesen. Pero fue en balde.

Su madre le decía que jamás haría las paces. Y por eso Frank tuvo que acostumbrarse a vivir aquí.

Al principio lo hizo sólo para que su madre estuviera contenta. Encontró amigos y empezó a jugar con los Lobos, el mejor equipo del mundo, desde luego, además del Hamburgo. Hizo todo lo posible para complacer a su madre. Pero no sirvió de nada. Porque ahora ya no podrá quedarse.

Porque de repente ha vuelto el gran amor.

¿Cuánto tiempo llevarán así esos dos? Seguro que no muy poco. Ya durante la última visita de su padre se comportaron de forma muy rara. Daban paseos sin Frank. Seguro que se cogían de la mano y se reían como unos tontos. A lo mejor, incluso de Frank, porque no se había enterado de nada.

¡Qué imbécil ha sido! Frank había estado seguro de que su padre sólo venía para estar con él, para hacer cosas juntos, para verle jugar al fútbol. ¡Mentira! ¡Todo era mentira! Su padre no viene para eso. Viene sólo para besar a su madre y volver a poner la vida de Frank patas arriba.

¡Y todos lo sabían menos él! El abuelo, por ejemplo. Por eso ha estado diciendo esas cosas tan raras últimamente. Y luego, los comentarios de Mehmet. Incluso el pequeño Orhan se había enterado. Sólo Frank parecía no saber nada. ¡Qué bobo!

Se vuelve a incorporar y sigue su camino. Despacio. Total, no hay nadie que lo persiga. Seguro que sus padres se alegran de estar solos.

Conque van a mudarse otra vez. ¿Cuándo será? Probablemente, no tan rápido como la última vez. Seguro que quieren que Frank termine el curso. No falta mucho para las vacaciones de verano. Pero, entonces, habrá que empaquetar las cosas y marcharse. Los adultos no tendrán ningún problema. Su padre sigue viviendo en el antiguo piso. Incluso la habitación de Frank sigue tal como la dejó.

Volver a Asdorf. Al pueblo donde había vivido la mayor parte de su vida. Aun así, tendrá que empezar otra vez de cero. Seguro que Tom, su mejor amigo de antes, ya habrá hecho nuevas amistades. Y otro chico le habrá sustituido en el Asdorf. Si vuelve, tendrá que sentarse en el banquillo y esperar. Antes que eso, Frank preferiría dejar el fútbol. ¡Que su padre se olvide de la carrera profesional de su hijo! ¡Se lo merece!

De todos modos, tal vez debería hablar primero con sus padres. Igual consigue convencerlos...

¡No! ¡Sería inútil! Ni siquiera le escucharían. Ni les interesa. ¡Qué más les da! Son adultos. No les importa arrastrarle de un lado a otro a su antojo.

Frank está cada vez más furioso.

—¡Mierda!

En la acera, se topa con un cubo de basura. Extiende la pierna y le da un puntapié. Con un enorme estruendo, el cubo cae al suelo.

—¡Frank! —se oye una voz desde el jardín de la casa de al lado—. ¿Te has hecho daño?

Es el señor Jahn. Sólo ahora Frank se da cuenta de que su huida lo ha llevado hasta el campo de fútbol de los Lobos. El señor Jahn vive enfrente.

—Chico, tienes un aspecto horrible. ¿Te pasa algo? —le pregunta preocupado.

—No, nada. —Si Frank no tiene cuidado, se va a echar a llorar—. Debo irme —dice entre dientes.

Pero el señor Jahn le cierra el paso.

—Seguro que te ha dado demasiado el sol —insiste—. ¡Con el calor que hace! Será mejor que descanses un poco a la sombra. Si no, te va a dar algo.

Sin esperar respuesta, pone en el hombro de Frank la mano y lo lleva por el jardín hacia la terraza, detrás de la casa. Frank no opone resistencia. El señor Jahn le ofrece una silla y un vaso de limonada.

—Si me necesitas, estaré dentro.

Frank se encoge de hombros. ¿Para qué lo va a necesitar? ¿Cómo le podría ayudar este señor mayor?

A solas

08

Hay un silencio total. Ni siquiera se oye un ruido del campo de fútbol.

Es normal. El partido de la Copa se va a jugar fuera de casa, en Kappeln. Hoy, el punto de encuentro para el equipo es el campo de fútbol del parque municipal, al otro lado de la ciudad.

¿Ya se habrán reunido sus compañeros? Seguro que lo están esperando. ¿Qué hora será? Frank se mira la muñeca. ¡Mierda! Se ha dejado el reloj en casa, al lado de su bolsa de fútbol. ¿Cuánto tiempo habrá pasado desde que ha salido? ¿Una hora? ¿Dos? ¿Una eternidad? Frank no tiene ni idea. En su carrera precipitada por la ciudad ha perdido la noción del tiempo.

Se levanta de golpe. Tal vez no sea demasiado tarde aún. Igual, si se da prisa, podría llegar a tiempo a casa y hacer como si no hubiera pasado nada. Y después, irse a Kappeln con el abuelo, Mehmet y Orhan a jugar el partido más importante del año.

Lo que pasa es que no está seguro de si es eso lo que quiere. ¿Volver a casa? ¿Hacer como si no hubiera pasado nada? ¿Como si todo estuviera bien?

¡No!

No va a volver a casa nunca. Al menos, hoy no. ¡Que se preocupen! ¡Que lo busquen! Se lo merecen. Quizá, si alguna vez acaban de besuquearse, les quedará tiempo para ocuparse de él.

Pero ¿qué pasa con el equipo? Los Lobos dependen de Frank. Y ahora los deja colgados.

Así es, pero no es culpa suya.

Antes de un partido importante, un jugador de fútbol debe sentirse bien y confiar en sí mismo. En cambio, Frank se siente pequeño, triste y muy engañado. En su estado, no podrá ayudar a su equipo.

Además, pronto tendrá que dejar a los Lobos. Niko y los demás tendrán que buscarse la vida sin él. Cuanto antes se acostumbren, mejor. Lo de la nueva camiseta es una lástima. El padre de Niko podría haberse ahorrado hacer el número 20. Frank ya no la va a necesitar.

Está claro que, de momento, no quiere volver a casa. Pero, entonces, ¿adónde puede ir? No quiere quedarse aquí. El abuelo sabe que el señor Jahn se ha hecho amigo de los jugadores. No tardará en aparecer para preguntar por su nieto. ¡Pobre abuelito! Seguro que está muy preocupado. Frank tendrá que mandarle un mensaje de alguna forma. Pero todavía no sabe cómo.

Indeciso, Frank empieza a caminar. En ese momento, se abre la puerta de la terraza.

—¡Frank!

Es su madre.

—¡Ay, Frank! Menos mal que te he encontrado. ¿Qué te ha pasado?

Frank mira hacia otro lado. No le pasa nada. A él, no.

—El señor Jahn nos ha llamado por teléfono —dice su madre—. Nos ha dicho que había un chico muy triste en su terraza.

Conque el señor Jahn. Frank debería habérselo imaginado.

Su madre le cierra el paso y se queda esperando. Tal vez a que Frank diga algo para hacer las paces. ¡De eso nada!

Al final, es ella la que comienza a hablar.

—Había pensado que te alegrarías si papá y yo nos reconciliábamos.

—¡Para nada! —Y ahora sí que le salen las lágrimas, pero le da igual—. ¡Porque no quiero! —exclama—. ¡Otra vez, no!

Su madre le da un abrazo.

—¿El qué no quieres? —pregunta en voz baja.

¡Menuda pregunta! ¿Qué va a ser?

—Esta vez te puedes mudar tú sola.

—¿Mudar? No quiero mudarme.

—¿Cómo que no? ¡Vas a mudarte a Asdorf, con papá!

Su madre niega con la cabeza.

—¡Te juro que no! —dice con decisión.

—¿Pero tú y papá…? ¿Papá y tú…? —Frank está perplejo, no sabe cómo continuar.

—Papá y yo… —su madre se sonroja un poco—; en fin, es verdad, nos hemos vuelto a enamorar. Como antes, cuando nos acabábamos de conocer. Pero eso no quiere decir que cambiemos de ciudad. ¡En absoluto! Ahora tengo aquí mi trabajo, a mis compañeros, a los viejos amigos, a mi padre, la casa de mis padres. Me siento bien aquí, y sé que tú también. ¿Por qué íbamos a cambiar todo eso?

Frank mira a su madre, intrigado. Ella le devuelve la mirada, sin pestañear. ¿Será que lo que está diciendo va en serio? Frank vuelve a tener esperanzas.

—¿Y papá? —pregunta—. ¿Qué dice?

—Él sabe que yo necesito tiempo después de todo lo que ha pasado. Por eso no me pide que volvamos con él. Vendrá todos los fines de semana. No es nada extraño. Hay muchas familias en las que el padre tiene que trabajar fuera entre semana. ¿Por qué no iba a funcionar con nosotros? Y cuando el abuelo se dé cuenta de que la intención de tu padre no es la de secuestrarte, incluso podrían hacerse amigos.

—¿Todos los fines de semana? —dice Frank—. Pero no va poder. El segundo entrenador no podrá sustituirlo todos los partidos.

—Sí que puede —le corrige su madre—. Porque ahora es el jefe. Tu padre ha renunciado a su puesto de entrenador.

—¿CÓMO?

¿El padre de Frank ya no es entrenador? ¡No puede ser!

—Sí, sí —insiste su madre—. Dice que necesita más tiempo para ti y para mí. Creo que realmente somos más importantes para él que el equipo.

—¿Más importantes que el Asdorf? Uy, entonces sí que va en serio.

A su madre se le ilumina la cara.

—Sí —dice en voz bajita—, creo que sí.

¡Menuda noticia! Frank necesita tiempo para digerirla. Se libera del abrazo de su madre, agarra el vaso de limonada y lo vacía de un solo trago.

—¿Por qué no me lo habéis dicho antes? —pregunta luego.

—Queríamos decírtelo esta noche. Era la idea de tu padre. Decía que antes del partido sería mejor no ponerte nervioso. Porque un futbolista…

—… debe tener la cabeza despejada —termina la frase Frank y se ríe—. Enhorabuena. ¡Lo habéis conseguido!

Pero de un momento a otro, la risa se le acaba. ¡El partido de Copa!

—¿Qué hora es? —pregunta asustado.

—Casi las cinco y media.

¡Se acabó! ¡Demasiado tarde! El árbitro está a punto de dar el pitido de inicio en Kappeln. ¡El partido más importante del año! Y Frank no está allí. Decepcionado, se deja caer sobre la silla y se cubre la cara con las manos.

Como a través de una densa niebla, escucha la voz de su madre:

—¡Venga, date prisa! Luego hablaremos sobre todo lo demás.

¿Darse prisa? ¿Para qué? Ya no tiene sentido.

—El abuelo ya ha salido con papá, Mehmet y Orhan —continúa su madre, presionando de repente—. Han dicho que vayamos tras ellos. Todos dicen que sin ti no pueden jugar.

¡Tienen toda la razón! De repente, Frank está lleno de energía. Se levanta de golpe y empieza a correr. Delante de la casa, el señor Jahn está limpiando los enanos de jardín. Frank lo esquiva como si fuera un jugador del equipo rival.

—¿Todo bien? —le pregunta el hombre.

—¡Sí! ¡No! Bueno, se lo explicaré en otro momento. ¡Y muchas gracias! ¡Gracias por todo!

¿Por qué no se da más prisa su madre? A partir de ahora cuenta cada segundo. El coche del abuelo está aparcado en la calle. Impaciente, Frank espera hasta que su madre saca la llave y lo abre. Por fin pueden arrancar.

¿Cuánto se tarda en llegar a Kappeln? Frank no tiene ni idea. Hasta el momento, los Lobos sólo han jugado contra ese equipo en casa, y ha sido en invierno, en un partido de fútbol sala. Tal vez les dé tiempo a llegar para el descanso. Así Frank podría darlo todo al menos durante el segundo tiempo. Pero cae en la cuenta de que va a ser muy difícil.

En su categoría, un tiempo sólo dura veinticinco minutos. Y con la velocidad a la que va su madre no van a llegar nunca.

—¿No puedes conducir más rápido? —pregunta Frank impaciente.

—Conducir no, quizá volar. Pero no sé dónde está el botón para las hélices.

—¡Ja, ja!

Lo último que necesita Frank ahora son chistes malos. Pero su madre tiene razón. No hay forma de ir más rápido. Es la hora punta. Y los demás conductores no se apartan para dejar paso a un jugador de la Copa en apuros. ¡Y otro semáforo en rojo!

Seguro que el primer tiempo ya ha acabado. Como sigan así, van a llegar sólo para la entrega del trofeo. Y la pregunta es: ¿quién lo habrá ganado?

Por fin, al pasar por el parque municipal, el tráfico se despeja un poco. Y enseguida se ven las primeras casas de Kappeln. Menos mal que el camino al campo de fútbol está indicado.

—¡Ay, no! —grita Frank de repente.

Su madre se asusta, frena y el motor se cala.

—¡Mi camiseta y mis botas! —exclama Frank muy preocupado.

—Se lo ha llevado todo tu padre —le tranquiliza, mientras vuelve a arrancar el coche.

Por fin llegan al campo de fútbol. Frank sale del automóvil y empieza a correr.

Una segunda oportunidad

09

Frank lo oye en seguida: el partido no ha terminado.
¿Cuánto tiempo faltará para el final?

Rebeca lo ve desde lejos. Agitando la mano como
una loca, se acerca a él. Lleva puesta la nueva camiseta de hincha, pero a pesar del bonito atuendo tiene
cara de enfado.

—¡Qué tomadura de pelo! —se queja en vez de
saludar—. Catrina sólo ha tocado el balón. El árbitro
está más ciego que un topo.

¡Madre mía! ¡Eso no suena nada bien!

—¿Quién está ganando? —pregunta Frank preocupado.

—Lo que te digo. El Kappeln. 1 a 0. Y todo por un
penalti que no era ni falta.

En el borde del campo, el padre de Frank está levantado la camiseta y las botas.

—Falta poco para el final —dice impaciente—. ¡Date prisa!

Eso es justo lo que Frank está pensando. No hay tiempo ni para ir al vestuario.

Mientras se quita el pantalón, su padre le resume el partido:

—El Kappeln no juega muy bien, pero algo os pasó a vosotros. A Olli ni se le ha visto. Y Hendrik... —No termina la frase y da un suspiro como si le diera pena.

Claro, Frank se lo puede imaginar perfectamente. Aunque la culpa no es de Hendrik. Seguro que lo hace lo mejor que sabe. No se le puede pedir más. Al menos, ha estado donde tenía que estar en el momento justo.

No como Frank que se ha sentado en la terraza del señor Jahn. ¿Y por qué? ¿Porque estaba triste? ¡Qué ridículo! Un verdadero futbolista no se permite esos rollos psicológicos. ¿No será que Frank no es un verdadero futbolista? Tal vez sea sólo un cobarde que abandona a su equipo en cuanto tiene un problema insignificante.

Al llegar al lado del entrenador, Frank se siente culpable. Norbert se encoge de hombros.

—No vale la pena sacarte. Ya están terminando.

Frank no se atreve a contestar. Esta derrota es solamente culpa suya. Con suerte, los Lobos lo perdonarán y le permitirán seguir jugando con ellos.

El árbitro ya está mirando el reloj. Peter, desesperado, envía un pase largo. Hendrik está solo delante de la portería contraria. Los jugadores del Kappeln parecen estar pensando ya en la celebración de la Copa y no le hacen caso. El balón cae en el área chica, justo delante de los pies de Hendrik. ¡Qué suerte!

Hendrik se asusta. Con prisa, mira a su alrededor, pero está totalmente solo. Por fin se decide, quiere chutar, pero el pie pasa por encima del balón.

¡Lógico! A cualquiera que conociera a Hendrik no le sorprendería.

Pero, ¿qué hace el portero del Kappeln? Parece que no conoce al suplente de los Lobos. Reacciona como si el delantero hubiera disparado de verdad y se tira hacia un lado, en balde. Mientras, el balón sigue sin moverse al lado del pie del Lobo. A nadie le sorprende más que al propio Hendrik. Durante un instante, se queda totalmente inmóvil, mirando el cuero con desconfianza. Luego empieza a dar patatas nerviosas en dirección al balón, como si de un enemigo peligroso se tratara.

Por fin, la defensa del Kappeln reacciona. Dos jugadores se acercan a Hendrik. El número diez extiende la pierna. Pero llega un milisegundo tarde. En el último momento, Hendrik consigue golpear el balón. Como si fuera a cámara lenta, el esférico rueda hacia la línea de meta, la toca, sigue girando, ¡y entra!

¿Ha entrado? ¿O no?

El cinco del Kappeln la ha vuelta a sacar. ¿Qué ha pasado?

—¡GOOOOL!

¡No puede ser! ¿Realidad o imaginación? ¿Será posible que Hendrik haya precisamente marcado un gol? ¡No!

¿Por qué está gritando Rebeca? ¿Por qué indica el árbitro el centro del campo? ¿Por qué se están enfadando los jugadores del Kappeln unos con otros?

Rebeca agarra a Frank y le sacude todo el cuerpo.

—¡Gol! Oye, tío, ¿no te has enterado? ¡Gol, gol, gol, goool!

¡Madre mía! ¡Gol! ¡El empate! ¡Va a haber prórroga! Las cartas se van a repartir de nuevo e, incluso, el «cobarde» va a tener una segunda oportunidad.

Todos los Lobos corren hacia el goleador, para celebrarlo. Catrina, la primera. Se ve el alivio en su cara. ¿Será que se siente culpable por lo del penalti? Pero antes de que los compañeros lleguen hasta Hendrik, éste se cubre la cara con las manos y casi se desmaya. Con cuidado, Catrina lo guía hasta la banda.

—¡Árbitro, cambio! —grita Norbert.

Como una bola de cañón, Frank entra en el campo de juego. En ese instante, el árbitro pita el final del tiempo reglamentario.

—Bueno, eso de no estar aquí… de no haber llegado a tiempo… —tartamudea Frank una excusa.

—No te preocupes —lo interrumpe Niko—. Tu padre nos lo ha explicado todo. Ha dicho que ha sido culpa suya.

—Siempre son los adultos los que tienen la culpa —opina Catrina—. Lo raro es que lo reconozcan…

—Tu padre mola —opina Mehmet.

Frank mira hacia sus padres con alivio.

—Es verdad —dice en voz baja.

Le parece increíble que su padre haya dejado su trabajo de entrenador. Por su madre y por Frank. Seguro que no ha sido una decisión fácil. Tal vez más adelante vuelva a ocupar ese puesto. Y también puede que busquen en el Hamburgo a un buen entrenador para la cantera. Quién sabe, más adelante, cuando Frank juegue allí, en el primer equipo, tal vez tenga la oportunidad de echar una mano a su padre...

—Frank, ¿estás dormido?

La voz del entrenador lo devuelve a la realidad. El equipo se ha reunido para hablar de estrategia.

—No, te estoy escuchando —responde Frank, disimulando.

Pero Norbert no se entretiene y continúa:

—Chicos, casi todo estaba perdido, y ahora tenemos de nuevo todas las posibilidades. Por eso ya no vamos a permitir a nadie que nos quiten esta Copa. Ni mucho menos al Kappeln. Pero no os confiéis. No bajéis la guardia. No podemos permitirnos ni una pérdida de balón. Debéis jugar con seguridad, controlando la situación. Y con paciencia. Es mejor esperar un poco. La prórroga tiene dos tiempos. Y si no lo conseguimos durante el juego, siempre nos quedan los penaltis, ¿vale?

¿Penaltis? En cualquier otra ocasión, vale. Pero hoy, no. Frank apostaría cualquier cosa para que no fuese así.

—Los vamos a ganar —dice todo optimista.

—No los subestimes —contesta Norbert.

¡De acuerdo! Pero no importa. En este momento ganarían a cualquiera, no importa que fuese el Chelsea, el Bayern, el Barça o el Kappeln. No le darían ninguna oportunidad.

Norbert quiere decir otra cosa más, pero en ese instante el árbitro llama a los jugadores para que vuelvan al campo. Frank mira rápidamente hacia la banda. Su padre levanta el pulgar y le sonríe. Frank le devuelve la sonrisa. Por fin, la pelea por la Copa Regional empieza de verdad.

Se permite besar

10

¿Tener paciencia? ¿Esperar? Frank ya lleva esperando demasiado tiempo. Ahora hay que poner el turbo. En cuanto el Kappeln saca del centro, Frank roba el balón al capitán contrario y se lo pasa a Peter. De Peter va a Niko. Niko centra hacia Eddy, y éste chuta directamente… ¡al larguero! ¡Lástima! Pero es un buen comienzo.

Saque de puerta para el equipo rojo. Enseguida, los Lobos interceptan el balón. Eddy lo pasa a Catrina, que avanza hacia el área. Un defensor del Kappeln consigue meter la punta de la bota y despeja. Pero es sólo cuestión de tiempo. El tren amarillo y verde está marchando hacia la portería del Kappeln y nada podrá pararlo.

Frank lleva el esférico por la banda. Esquiva al defensa que tiene el número seis. Cerca del área, éste tira del freno de emergencia y manda a Frank a volar.

El árbitro pita falta y echa la bronca al defensa. Niko agarra el balón y lo coloca para sacar. Da instrucciones a los demás, grita y gesticula. Todo el mundo se entera de que la falta es para el capitán. ¡El jefe se hace cargo de la situación!

O al menos, eso es lo que piensan los rojos. Pero no Frank. Durante un segundo, su mirada se encuentra con la de Niko, y los dos se entienden a la perfección.

El meta del Kappeln está en un lado de la portería. El árbitro pita. Niko toma carrerilla. La barrera salta, pero Niko pasa por encima del balón. La barrera vuelve a caer. Ahora es el momento. Con esmero, Frank golpea el balón por encima de amigos y enemigos. El portero se entera demasiado tarde. No puede evitar que el esférico se cuele por la escuadra.

Niko es el primero que llega para abrazar al goleador.

—¡Qué golazo! —consigue murmurar Frank mientras el amigo casi lo ahoga.

Ahora llega el resto del equipo y todos se arrojan al suelo. Sin aliento, Frank disfruta de la sensación de pertenecer otra vez al equipo. Ahora mismo. Y también mañana, la temporada siguiente, la otra. Y no hay nada en el mundo que consiga separarlo de sus amigos.

Poco a poco, la piña se deshace.

—Ahora hay que dar el golpe definitivo —dice Catrina, de camino al centro del campo.

Frank no tiene ninguna duda.

La jefa de la defensa inicia el siguiente ataque. Un pase largo desde el área de su propio campo llega a Frank. Hay que actuar con rapidez. Zas. La pasa por arriba.

¿Una jugada de ensueño? ¿O sólo una acción precipitada? Frank tiene sus dudas. Durante un momento, parece que el balón se va a perder en tierra de nadie. ¡Mierda! Habría sido mejor...

¡Pero no! Todo va bien. Frank ha acertado. Niko aparece de la nada y dispara una volea. El meta salta desesperado, pero no llega. ¡Gol! Tres a uno. ¡Suficiente! Debería de ser suficiente.

Unos segundos después, el árbitro pita el final del primer tiempo de la prórroga. Ahora sólo faltan unos minutos para que Frank y sus amigos reciban la copa.

Los equipos cambian de campo, pero el partido no varía: los Lobos siguen dominando. De repente, un contraataque de los rojos. El número ocho, un chico bajito como Orhan, dispara desde fuera del área. Un golpe más bien flojo que no supone ningún problema para Mehmet. Pero sin querer, Peter toca el balón desviándolo hacia un lado, mientras el meta va hacia el otro. ¡Maldición!

Pero no pasa nada. Los rojos sólo han recortado la distancia. Tienen que intentar volver a la situación anterior.

Los Lobos aumentan la presión. Los rojos tienen que agradecer a su portero el que se mantenga el resultado.

Toda la acción y todos los jugadores se trasladan al área del equipo del Kappeln. El campo de Los Lobos está vacío. Únicamente el ocho se ha quedado solo en la línea del centro. Parece que se le han quitado las ganas de defender. O tal vez no se sienta digno de esas tareas.

¡No! De repente, Frank entiende: el enano tiene un plan. Hay que marcarlo, ¡y rápido! ¿Dónde está la defensa de los Lobos? Están todos en el área contraria. Frank intenta avisar a Catrina. Pero también ella parece estar contagiada por la «golitis» y no se da cuenta del peligro.

Indeciso, Frank se queda en el borde del área. No es precisamente tarea suya la de defender. Prefiere conseguir otro tanto y decidir el partido de una vez. ¡Así se le quitarán al ocho las ganas de pasearse solo por el campo de los Lobos!

En este momento, Peter pierde el balón. Enseguida Frank sale corriendo hacia atrás. ¡Menos mal! Porque el ocho arranca motores después de recibir un pase largo.

¡Tras él, Frank corre como nunca!

¡Pero no llega!

¡Sí, hay que alcanzarlo! ¡Como sea! Lo persigue sin perderlo de vista. La distancia se reduce. En el borde del área, Frank casi lo alcanza. El enano siente la respiración del perseguidor a sus espaldas. Adelanta el balón para disparar, pero se pone nervioso y Frank consigue despejar hacia la banda. Enfadado consigo mismo, el delantero da una patada al césped.

—¡Qué susto! —exclama Mehmet que había salido de la portería para enfrentarse al peligro.

—¡Menos mal que te has dado cuenta! —dice Catrina a Frank con alivio.

Nada más ejecutar los rojos el saque de banda, se va hacia el ocho y le roba el balón.

Pocos minutos después, Olli marca el 4 a 2. El partido está decidido. Los rojos se rinden. El pitido final del árbitro evita un resultado más claro aún. Deprisa, los jugadores del Kappeln se retiran al vestuario y entregan el campo a los ganadores.

Frank levanta los puños y da un grito de alivio. Había abandonado a sus amigos, pero jugando como un diablo ha conseguido compensar su error. Los Lobos han ganado la Copa. ¡Es un sueño! No, ¡mejor que un sueño! Porque seguirá siendo realidad incluso después de la celebración.

El padre de Frank entra en el campo. Se abre camino hacia su hijo y le da un gran abrazo.

—¡Nunca más! —exclama—. ¡Nunca más besaré a tu madre antes de una final!

Frank se ríe.

—Al final, nos habéis dado suerte —dice encantado—. Os doy mi bendición.

We are the champions

11

Los jugadores del Kappeln vuelven a salir para la entrega de la copa. No le extraña a nadie que estén tristes y que sus felicitaciones no sean muy efusivas. Estaban tan cerca del éxito, y ahora tienen que ser testigos de cómo los Lobos levantan el trofeo. Cualquier futbolista sabe que eso duele mucho.

Se acerca una mujer. De su cuello cuelga una cámara que se balancea a cada paso que da. Rebeca camina a su lado hablando sin parar. Eso debe de significar que se trata de una fotógrafa importante. Rebeca tiene un sexto sentido para esas cosas.

¡Efectivamente!

—Hola, soy del periódico local —se presenta la mujer—. Me gustaría sacaros una foto para la sección de deportes. Así mañana podrá veros todo el mundo.

¡Desde luego! Una foto en el periódico puede significar un buen empujón para la carrera de los Lobos. Y, además, Mark y los Tigres se morirán de envidia cuando vean a sus archirivales en las páginas del periódico.

Rápidamente, el equipo se coloca para posar.

La fotógrafa mira la pantallita de la cámara y da instrucciones:

—El entrenador que se coloque a la derecha, por favor, y la simpática asistente a la izquierda…

¿Simpática asistente? Frank mira hacia un lado: ¡es Rebeca! Todo orgullosa, está posando para la cámara. ¿Asistente? ¡Menuda historia le habrá contado a la reportera! Pero, ¿qué más da? A todo el mundo le encanta participar del éxito de los amigos.

La fotógrafa no está contenta aún.

—Tú, el de la copa, ponte en el centro.

Se está refiriendo a Niko. Claro, sostener el trofeo en la foto es un honor especial. El capitán de los Lobos se lo merece. Y no hay mejor lugar para destacar la copa que en el centro de la foto. Encantado, Frank deja sitio a Niko y se sienta a sus pies.

La reportera vuelve a mirar la pantallita y les dice:

—Ahora decid todos «pataaata».

¡Qué infantil! Seguro que los fotógrafos de los periódicos nacionales no hablan así con los jugadores profesionales. Pero da igual.

—Pata…

—¡Esperad! ¡Un momentito!

Enfadada, la mujer levanta la cabeza.

Llega corriendo el padre de Niko.

—Lo siento, no he podido venir antes —se disculpa—. He tenido que esperar hasta que se ha marchado el último cliente, y luego hacer las cuentas. Pero ya veo que llego en el momento justo. No se tiene una cita con la prensa todos los días.

—¿Y quién es usted? —pregunta la reportera.

El padre de Niko se da una palmadita en la frente.

—Perdón, no me he presentado. Soy el patrocinador. Los comerciantes tenemos cierta responsabilidad.

Por eso he decidido dedicarme a la promoción de la cantera.

Frank no puede evitar sonreír. ¿Promoción de la cantera? Sólo hace unos meses que el padre de Niko hablaba de forma muy diferente. Pero, ¡qué más da! Ha llovido mucho desde que prohibiera a su hijo jugar al fútbol. Las camisetas estupendas han hecho olvidar totalmente la metedura de pata del padre de Niko.

La reportera se aclara la voz.

—Bien. ¿Ya podemos continuar?

—Espere. Acabo de acordarme de una cosa —grita Niko, entregando, de repente, la copa a Frank—. Éste ha sido tu partido. Eres un campeón. Tómala.

Emocionado, Frank recibe el trofeo. ¡Qué gran honor! Pero se lo ha ganado, la verdad. Con toda modestia, Frank ha marcado un gol, ha preparado otro y ha evitado uno del equipo contrario. ¡No se puede esperar más!

¿O sí?

¿A quién debe agradecer Frank la oportunidad de haber jugado?

—¿Ya os habéis puesto de acuerdo? —pregunta la mujer impaciente.

—¡No! ¡Espere! —grita Frank, se levanta y tira de Hendrik para que se ponga en el centro y agarre la copa.

Incrédulo, Hendrik mira el trofeo brillante.

—¿Quieres decir que yo...? No puede ser... No puedo...

—Sí, tú, porque...

La fotógrafa pone los ojos en blanco.

—¿Podríais hablarlo en otro momento? ¡No tengo mucho tiempo! —se queja.

Frank coloca la copa a Hendrik y se vuelve a sentar.

—¿Preparados? —grita.

En ese momento llega corriendo Orhan y se cuela entre los campeones. Tiene puesta una camiseta supergrande que debe de haber sacado de la bolsa de Norbert.

—¡Vete! —ordena Mehmet—. Esto no es una guardería.

—Si no os calláis de una vez, no habrá foto —amenaza la reportera.

—Ves —dice Orhan y saca la lengua a su hermano.

En ese momento dispara la fotógrafa. Mira una vez más la pantallita, da un suspiro de alivio y se marcha con prisa.

—Está huyendo de nosotros —se ríe Peter.

—Porque está al borde de un ataque de nervios —añade Catrina.

Rebeca se encoge de hombros.

—Parece que la pobre no está acostumbrada a tratar con famosos —opina.

Alguien tira de la camiseta a Frank.

—¡Eh, falta! Tarjeta amarilla —bromea Frank—. Ah, Hendrik, eres tú. Entonces, guarde la tarjeta, señor árbitro.

—Muchas gracias por pasarme la copa —dice Hendrik emocionado aún—. Mis compañeros de clase no se lo van a creer.

¡Desde luego que no! ¡El futuro científico posando en el centro del equipo campeón! ¡Menudo sorpresón!

—Te lo mereces —le dice Catrina—. Sin ti, no hubiera habido prórroga.

—¡Vaya forma de engañar al portero! —añade Peter con auténtica admiración—. ¡Maravilloso!

—Nos tienes que enseñar ese truco.

Tanto elogio le da vergüenza a Hendrik.

—En realidad, no era ningún truco —dice todo modesto—. Era pura...

Casualidad. Era evidente. Casualidad y muchísima suerte. Pero el chico estaba en el momento justo en el lugar perfecto para aprovechar la situación. Y eso es lo único que cuenta.

—¡Hendrik! —dice Frank emocionado—. Te debo una muy grande.

Hendrik se pone rojo. Sus ojos brillan como las luces del Estadio Olímpico. Ojalá no se le quemen los fusibles, podría sufrir daño su gran cerebro.

Con una caja de refrescos, donada por el autoproclamado «patrocinador», la celebración arranca en serio: jugadores e hinchas, juntos, hacen la «ola», se tiran al césped para deslizarse por él, se duchan de refresco unos a otros, cantan y gritan. Sobre todo Hendrik. Es el más marchoso de todos, lo que resulta sorprendente para los demás. Cuando ya están agotados, se tumban en el césped. Hendrik, sin embargo, sigue saltando y corriendo como el conejito del anuncio de las pilas.

Y eso que Frank siempre había pensado que Hendrik era un soso. Es evidente que se había equivocado. Tanto por lo marchoso, como por todo lo demás.

Antes, Frank hubiera jurado que su compañero era un cobarde porque se ponía a temblar cada vez que le tocaba jugar. Sin embargo, hoy, en el momento clave, ha hecho lo que debía. Sin ningún miedo, ha compensado la ausencia de Frank y salvado al equipo. Y eso Frank no lo va a olvidar nunca jamás.

—Chicos, hay algo que falta —dice Niko de repente.

Sorprendidos, todos lo miran con ojos muy abiertos. El día es perfecto. ¿Qué puede faltar?

—Pensadlo: en la Liga de Campeones, en la Copa, en la Liga Nacional, siempre tocan la misma canción en el estadio después de la final.

Expectante, mira hacia Catrina.

La amiga tarda unos segundos en caer.

—¿En serio, quieres que...? —pregunta incrédula.

Niko asiente con la cabeza.

—¿O no la conoces? —dice luego.

—Pues, claro, pero...

Es normal que Catrina esté sorprendida. Aparte del fútbol, cantar es su gran pasión. Lo que pasa es que se le da mucho mejor jugar. Y como su voz recuerda muchísimo a un taladro de dentista, normalmente nadie desea oírla.

—¿Estás seguro de que quieres que cante? —insiste emocionada.

—Bueno, mientras no se convierta en una tradición —contesta Niko, un poco avergonzado—. Pero empieza ya.

—¡De acuerdo! —Catrina se aclara la voz y comienza.

Es verdad que en un concurso de televisión no llegaría muy lejos, pero para una fiesta de fútbol es perfecto.

—*We are the champions, we are the champions...*

Rebeca se está poniendo nerviosa. Cuando Catrina descansa un segundo para tomar aire, la interrumpe:

—Es en inglés. ¿Queréis que traduzca?

¿En inglés? ¿Y qué? Como si fuera en chino. Con el corazón, se entienden todas y cada una de las palabras. Es una canción sobre los Lobos, el mejor equipo de fútbol del mundo. Sobre los mejores compañeros y sobre Frank, que seguirá con ellos durante unas cuantas temporadas más. Encantado, levanta el puño y grita al oído de Rebeca:

—*We are the champions, no time for losers, 'cause we are the champions of the world!*

Grandes planes

12

¡Qué cena tan buena!

Muy satisfecho, Frank se reclina en la silla. Salchichas con ensaladilla: una cena apropiada para un campeón. ¡Y como un campeón ha comido! No importa que ahora le duela un poco la tripa. Dentro de un rato se le habrá pasado.

En cambio, el abuelo apenas come nada porque no deja de hablar. Casi como si quisiera robar a Rebeca el título de la más cotorra.

—Escuchad esto. Mi hija ni siquiera sabía qué era eso de la prórroga.

Para dar más importancia a sus palabras, gesticula con el tenedor, que tiene un trocito de salchicha pinchado, sin importarle que está salpicando toda la mesa con mostaza.

—¡Increíble! Mi propia hija no tiene ni idea de fútbol.

La madre de Frank le guiña el ojo.

—No todos pueden saber tanto como nuestro abuelo —bromea.

El abuelo se estira.

—¡Claro que sí! —dice todo orgulloso.

Frank sonríe. ¡Vaya fanfarrón, su abuelo! Sólo hace unos pocos meses no sabía distinguir entre la portería y el banderín de esquina. Sus conocimientos de fútbol eran tan escasos que hasta sus amigos de la bolera se reían de él. Pero luego se encargó Frank de ponerlo al día mediante un programa intensivo de formación futbolística. Desde entonces, el abuelo no se pierde ningún programa deportivo de la tele. Además, las lecciones que le da Frank incluyen también reglas y estrategias de juego. Las situaciones más complicadas las dibujan con la ayuda de las fichas del parchís. El abuelo ha resultado ser un buen alumno y ha aprendido muchísimo. El único tema en el que sigue fallando es el fuera de juego. Pero se le puede perdonar porque es algo tan complicado que incluso los expertos no siempre están de acuerdo.

—¡Y vaya falta que tiraste! Todos pensaban que la sacaría Niko, pero luego llegó nuestro Frank y...

El abuelo está eufórico. Seguramente gracias, en parte, al alivio que siente por su hija y yerno. Hacía tiempo que sospechaba algo y estaba preocupado por si volvía a perder a su hija y a su nieto.

Ahora ya han hablado abiertamente de todo.

—Primero vamos a ver si esta vez funciona —ha dicho la madre de Frank, mirando al padre con una sonrisa digna de la protagonista de una película romántica. Y ya se sabe que esas películas terminan siempre con un final feliz.

Los padres de Frank le han jurado que no se van a trasladar de nuevo a Asdorf. Tal vez más adelante, dentro de unos años, cuando Frank sea ya un anciano de quince o dieciséis años. Pero a saber en qué equipo estará Frank entonces, si serán los Lobos o tal vez algún otro club de la Liga profesional. Ahora no tiene que preocuparse por eso.

—Debo irme —dice su padre mirando el reloj.

—¡Ay, no! —se queja Frank—. ¿Por qué no te vas mañana temprano?

—Porque no llegaría a tiempo a la oficina. Pero no te preocupes. El próximo fin de semana voy a volver. Es decir... —el hombre se dirige al abuelo—, si no te importa.

El abuelo deja el tenedor con la salchicha sobre el plato. Le ofrece la mano y dice, todo solemne:

—¡Lo pasado, pasado!

—Por mí, estupendo —contesta, y le tiende la mano a su vez.

La mujer da un suave codazo a Frank y le susurra al oído:

—Por fin los dos tercos entran en razón.

Frank suelta un suspiro y exclama:

—¡Ya era hora!

Frank acompaña a su padre hasta el coche.

—¿Realmente pensabas que íbamos a decidirlo todo deprisa y sin consultarte? —le pregunta su padre con ojos inocentes.

—¿Te acuerdas de que no sería la primera vez? El año pasado, en Asdorf, no me preguntasteis nada.

—Es verdad —reconoce el hombre arrepentido—. Pero créeme: a partir de ahora vamos a hablar abiertamente sobre todo, ¿vale?

—Me parece estupendo —responde Frank—. Así podré ayudaros cuando hagáis alguna tontería.

Desde la ventana de la cocina, el abuelo los está observando.

—Nos está vigilando por si se me ocurre secuestrarte —bromea.

Frank se ríe.

—El abuelo mola —dice.

—Es cierto —le da la razón su padre—. Sólo que a veces le cuesta mostrarlo.

El coche de su padre desaparece por la esquina. Frank se queda un buen rato mirando en esa dirección. Cuando por fin decide entrar en casa, llega su amigo Mehmet corriendo.

—Espera, Frank —le dice el portero—. He estado pensando.

—Vaya, qué cosa tan rara —bromea Frank.

Mehmet decide ignorar el comentario.

—¿Has dicho esta mañana que soy vuestro Número Uno verdad?

—¡Claro que sí! —se apresura a decir Frank.

¿Por qué Mehmet está sacando otra vez ese tema? Ya lo habían zanjado esta mañana.

—Pues yo creo que no.

—Ah, ¿no?

—No. Porque para ser el Número Uno tendría que haber un Número Dos.

Bueno, no le falta razón.

—¿A qué te refieres? —pregunta Frank con cuidado. No quiere meter la pata y volver a herir los sentimientos de su amigo respecto al honor de ser el primer portero.

—¿Has pensado alguna vez en lo que pasaría si me lesionara? —pregunta Mehmet.

—¡Tonterías! —responde Frank demasiado deprisa—. Eso no va a pasarte nunca. No a ti.

—¿Y si me pasara? ¿A quién ibais a poner entre los palos? ¿A Rebeca?

—¡Ni hablar! —exclama Frank estremeciéndose.

—Ves. Tenemos un problema. Y por eso hay que hacer algo.

—¿Como qué?

—¡Muy sencillo! Tenemos que contratar a ese… —se interrumpe como si le costase decirlo—, cazamoscas de esta mañana.

—Pero si tú mismo has dicho que no.

Mehmet hace un gesto con la mano como si quisiese borrar sus propias dudas.

—Todos los grandes equipos tienen a un segundo portero —explica—. Es más: si no lo fichamos nosotros, se va a ir con los Tigres. Y ellos sí que lo aprovecharían bien.

Frank mira con admiración al amigo: parece que no le importa que fichen a alguien que va a competir con él por el mismo puesto. Es una postura muy respetable.

—Vale, si quieres se lo preguntamos a Simon mañana mismo.

—¿Para que se enteren Mark y los otros idiotas de los Tigres? No, de eso nada. Es mejor que vayamos mañana al parque en el que juegan y lo dejemos todo zanjado en ese momento. Y, de paso, observamos al resto de los chicos. Igual hay algún otro talento por descubrir. Porque necesitamos refuerzos para todos los puestos —mira a Frank con actitud expectante—. ¡En todos! —repite casi como si fuera una amenaza.

Cuando Frank entra en casa, se pone a pensar. El portero tiene razón. Los Lobos no destacan precisamente por tener a muchos jugadores reservas. En el fútbol, si un club quiere tener éxito necesita un banquillo fuerte. Si no, no llega a nada. La temporada es larga y pueden pasar muchas cosas, no sólo lesiones. Los padres, por ejemplo, como bien se sabe, pueden ser un gran obstáculo. Y luego las suspensiones por tarjeta, un inconveniente que afecta sobre todo a Catrina, la durísima defensa.

Al principio de la próxima temporada, los Lobos tendrán que prescindir de Serkan porque tiene un año menos que el resto del equipo. Como mucho podrá jugar de vez en cuando de suplente.

Por eso no les vendrían nada mal jugadores nuevos: un centrocampista ofensivo, al menos un defensa o dos, incluso un medio campo. Si mañana encontraran refuerzos sería estupendo.

Mehmet ha dicho que los necesitan para todos los puestos. ¿También delanteros?

No, no hace falta. ¿Por qué?

Porque los Lobos ya tienen un talento que no ha sido aún descubierto. Tanto que ni el propio jugador se ha dado cuenta hasta ahora.

Frank se dirige al teléfono y marca el número del compañero. Tardan un buen rato en contestar. Al final, se pone el mismo Hendrik.

—¡Hola! Soy yo.

—¡Qué bien que me llames! —exclama el chico con auténtica alegría.

—Te quería comentar una cosa —le dice Frank. Pero, de repente, le entran dudas. No sabe cómo decirlo—. Bueno, ¿qué estabas haciendo?

—Estudiando latín —responde Hendrik en voz baja.

—Vale. Muy bien. Nos vemos, entonces, mañana en el entrenamiento.

Frank cuelga el teléfono sacudiendo la cabeza: ¿cómo se puede estudiar latín el mismo día en el que se ha ganado la copa?

Está claro que Hendrik sigue creyendo que su sitio está en el banquillo y que, cuando sea mayor, en vez de jugar en un equipo profesional explorará el espacio. Ha llegado el momento de abrirle los ojos. ¡Y esa es una tarea para Frank!

A Hendrik lo que le falta es creer en sí mismo. La autoestima de cualquier delantero aumenta con los goles que va marcando. Pero, claro, para eso no basta con mantener conversaciones inteligentes en el banquillo. Lo que Hendrik necesita es jugar más. Mañana mismo, en el entrenamiento, Frank va a hablar con Norbert a solas. El entrenador debería sacarlo más a menudo. No importa si al principio le da mucho miedo. Eso se irá arreglando con el tiempo.

A Olli no le hará gracia que Hendrik lo sustituya. Pero no pasa nada. En un auténtico equipo, todos los jugadores tienen que sacrificarse de vez en cuando si no hay más remedio. Incluso Frank puede quedarse en el banquillo en algún momento. Aunque sería mejor que jugase junto a Hendrik para echarle una mano y darle consejos. O pegarle un grito para que dispare a puerta. En el entrenamiento, eso ha funcionado bien muchas veces.

Y si hace falta, Frank puede ofrecerle sesiones de entrenamiento particulares. Convertirá a Hendrik en un auténtico futbolista, lo quiera o no. Se lo debe.

El Big Bang y otros peligros

13

A la mañana siguiente, cuando Frank sale de casa, Mehmet y Orhan ya lo están esperando en la calle.

—¿Y qué? ¿Qué tal hemos salido? —pregunta Mehmet expectante.

¡La foto de los campeones! ¡El periódico! Por eso se han levantado tan pronto. En casa de sus amigos turcos sólo leen un periódico de Estambul. Así que seguro que la fama de los Lobos no ha llegado tan lejos. Los hermanos dependen de la prensa local que lee el abuelo de Frank para poder sentirse orgullosos de sí mismos.

Desgraciadamente, Frank no puede satisfacer su curiosidad.

—El periódico no ha llegado.

—¡Mierda! Precisamente hoy, cuando salimos nosotros.

—¡Seguro que es por eso! —grita el abuelo desde la ventana—. ¡Seguro que han tenido que doblar la tirada y por eso llega más tarde!

—Igual lo traen ahora —dice Frank.

La verdad es que también tiene muchas ganas de verse. Desde que se ha levantado, ha mirado varias veces el buzón para ver si había llegado el periódico, pero ha sido en vano.

—Esperemos un poco —sugiere Mehmet.

—No puedo —contesta Orhan con decisión. Agarra la mochila y se marcha solo.

Frank lo mira sonriendo.

—Seguro que tiene novia nueva.

Mehmet suelta un suspiro.

—Es increíble cómo son los jóvenes de hoy en día. En mi época no éramos así.

Frank y Mehmet se quedan esperando, pero el periódico no aparece.

—Supongo que la Pirosky no va a entender que lleguemos tarde por esto —dice Mehmet con cara de resignación.

—Supongo que no.

Decepcionados, los dos se ponen en marcha. En cuanto llegan al patio de recreo, ven que corre un grupo de chicos de primer curso, entre ellos Orhan. Les persigue un grupo de chicas enfadadas de tercero.

—No tiene sólo una novia, ¡tiene varias! —bromea Frank.

—Más que novias parecen sus enemigas —gruñe Mehmet—. Seguro que les ha jugado una broma pesada. No sé que hacer con él, de verdad.

Pero, en un momento, se olvida de su hermano pequeño y de los problemas en la escuela.

—Mira, ¿qué está haciendo el idiota ese? —dice a Frank.

En la entrada del colegio ven a Peter y Niko intentando escaparse de Mark, que les acosa como una gigantesca mosca molesta.

—Parece que tienen problemas —comenta Frank.

—Quien los tendrá será él —responde Mehmet—. Venga, vamos.

Llegan en el momento justo.

—Dicen que fue un partido pésimo —provoca Mark a los Lobos—. El rival era muy malo. ¿Y el juego de los Lobos? Bueno, mejor me callo.

Los mira con arrogancia.

—¡Eso es! —esclama Peter—. Mejor te callas.

Pero no será tan fácil. Seguro que Mark está sufriendo mucho por el éxito de sus archienemigos, y tiene ganas de soltar su frustración.

—El Kappeln no es un rival serio, pero aun así habéis ganado durante la prórroga, y con mucha suerte.

—¿Pero qué dices? Si ni siquiera has estado allí.

—Sí, menos mal que me libré. Pero algunos de nuestros chicos tuvieron que ir; ya me entendéis, «cazatalentos». Y claro, no pudieron descubrir a nadie.

—Tal vez porque son un poco miopes y necesitan gafas nuevas. Y además...

En este momento, la llegada de Rebeca interrumpe a Niko. En la mano lleva el periódico.

—Lo acabo de comprar en el quiosco —dice toda orgullosa.

Enseguida se forma una piña alrededor de ella.

—¡Déjame ver!

—¡Venga, venga!

Rebeca disfruta con la impaciencia de los demás y pasa las hojas con parsimonia. La sección de deportes está al final y la foto de los campeones llama la atención. Seguro que Rebeca no ha dejado de mirarla a lo largo del camino del quiosco al colegio.

—¡Qué buena!

—¡Guay!

¡Y así es! La foto es buenísima. Hendrik y la copa están en el centro. A sus pies se ve a Frank. No pasa nada porque no la sujete él. La copa está justo encima de su cabeza y señala al gran delantero como si fuera una flecha.

Ahora también Mark mira la foto.

—¡Caramba! Ya veo que tenéis un arma secreta nueva —dice indicando con el dedo a Rebeca en la foto—. Entonces nos tendremos que preparar mejor aún para el derbi.

—Eso lo tenéis que hacer de todas formas —responde Rebeca fríamente—. Además, no soy jugadora, sino presidenta de la peña, si sabes lo que significa. Supongo que en vuestro equipo cateto no tenéis de eso.

Mark mira a Rebeca atónito. Hace como si quisiera contestarle algo, pero luego cambia de idea y se marcha.

—¡Sí, sí, sí! ¡Le has dejado hecho polvo!

Entusiasmados, los Lobos chocan las manos. Pero no tienen tiempo de disfrutar mucho más de su triun-

fo porque llega la señorita Pirosky, que es más plasta que el Tigre más pesado.

—Chicos, ¿necesitáis una invitación especial? —les grita desde la puerta.

Rebeca dobla el periódico y sale corriendo.

Niko la mira pensativo.

—¿Presidenta de la peña? —repite disfrutando de la ocurrencia—. ¡Qué carrera tan rápida! Hace tan sólo un año, Rebeca pensaba que el fútbol era una enfermedad contagiosa.

Frank se ríe. Así es. Rebeca ha avanzado mucho. Ya se ha enterado de que no se trata de ninguna enfermedad. Todo lo contrario, se ha convertido en una hincha auténtica, y como tal ha pasado a formar parte de los Lobos. Uno no puede imaginarse el equipo sin ella.

Y ahora es la presidenta de la peña. Sea lo que sea eso, está bien que tenga una nueva tarea. Así no le sentará tan mal la inminente decepción.

Aún no lo sabe, pero tendrá que olvidarse de sus planes de explorar el espacio.

¿Que por qué?

La noche anterior, Frank se quedó mucho tiempo pensando en Hendrik. Y ha decidido convertir al amigo en un auténtico futbolista. ¿Y después?

Una verdadera estrella del fútbol no puede irse a otras galaxias porque se la necesita aquí, en la Tierra. Hendrik lo entenderá y dejará de pensar en los vuelos espaciales. Y claro, no podrá llevarse a Rebeca.

Pobrecilla, le hacía tanta ilusión.

Pero también ella entenderá que es mejor así. El espacio alberga demasiados peligros. Sólo hay que pensar en todo lo que podría pasar. El Big Bang y cosas por el estilo. Tendrá que agradecer a Frank que la haya salvado de todo eso.

Apuntes del abuelo de Frank

Copa: competición que va enfrentando a los equipos de dos en dos, en partidos super-emocionantes, que se juegan en sus respectivos campos. Se van eliminando hasta que llegan a la final, que se juega en un campo neutral con miles de seguidores cantando y animándoles.

Derbi: partido entre dos equipos que son rivales acérrimos. ¡Cuidado con los hinchas!

Liga: competición en la que juegan todos los equipos contra todos. ¡Es larguíiiiisima! Gana el equipo que consigue más puntos.

Palomita: gran salto del portero, estirando a tope el cuerpo y los brazos, para parar o despejar el balón. ¡Como si quisiera volar!

Pared: pases combinados entre dos jugadores que avanzan pasándose el balón y rebasando a sus rivales, que se quedan con dos palmos de narices.

Chilena: salto increíble, que dan los superhombres, de espaldas a la dirección del balón, moviendo las piernas como una tijera, para rematar o despejar el balón.

Túnel: regate en plan chulo. El balón pasa por debajo de las piernas de un jugador y el que lo ha realizado recupera el balón a la espalda del otro.

Vaselina: tiro a portería que hace un jugador por encima de otro. Si mete gol, el puenteado se tira de los pelos.

Índice